Prologue

Ein Freitagabend voller Zauber umhüllte die Stadt, als Philippe Dubois sich aufmachte, um in seiner Lieblingsbar, Le 1051, auf alte Freunde zu treffen und ein paar erlesene Getränke zu genießen. Nach einer Woche voller hektischer Polizeiarbeit sehnte er sich danach, die Last der Verantwortung abzulegen und in den Fluss der Nacht einzutauchen.

Als er in der Bar ankam, empfing ihn Pierre, der Barkeeper, mit einem Lächeln, das an eine mitternächtliche Sonne erinnerte, und mixte sogleich seinen Lieblingscocktail, einen Negroni, der die Farbe eines geheimnisvollen Sonnenuntergangs hatte.

Kaum hatte Dubois auf einem Barhocker Platz genommen, als ihm ein Duft in die Nase stieg. Es war ein verführerischer Geruch, der eine Mischung aus Parfüm, wilden Blumen und einer frischen Brise zu sein schien. "Riecht ihr das auch?", fragte er den Barkeeper und die anderen Gäste an der Bar, aber niemand schien es wahrzunehmen.

Die Musik, die im Hintergrund lief, war ein lebhafter Mix aus Bon Entendeur und ähnlichen Künstlern, die mit ihren elektronischen Klängen und hypnotisierenden Melodien eine Atmosphäre von zeitloser Eleganz schufen. Es war genau die richtige Lautstärke, um die Stimmung zu heben, ohne die angeregten Gespräche zu übertönen.

Als seine Freunde eintrafen, spürte Dubois die vertraute Verbundenheit, die sie teilten. Sie waren nicht nur langjährige Bekannte, sondern auch angesehene Persönlichkeiten in St. Tropez. Unter ihnen war auch sein treuer Assistent Marc Laurent, der sich lässig an den

Tisch setzte und ein Bier bestellte, das in der Flasche glitzerte wie flüssiges Gold. Dubois schätzte Laurent für seinen scharfen Verstand und seine unerschütterliche Loyalität. Über die Jahre hatten sich Dubois und Laurent in unzähligen Fällen gemeinsam durch die dunkelsten Ecken der menschlichen Natur gekämpft und waren dabei nicht nur enge Kollegen, sondern auch wahre Freunde geworden. Sie verstanden einander oft ohne Worte und konnten sich blind aufeinander verlassen.

Dubois nahm einen Schluck von seinem Negroni und ließ den bittersüßen Geschmack auf seiner Zunge verweilen. In seinen Gedanken erinnerte er sich an den Tag, als der Barkeeper Pierre ihm die Geschichte dieses Cocktails erzählt hatte.

Pierre hatte Dubois damals erklärt, dass der Negroni seinen Ursprung im frühen 20. Jahrhundert in Florenz, Italien, hatte. Ein Mann namens Graf Camillo Negroni hatte nach einer Reise in die Vereinigten Staaten eine Vorliebe für stärkere Drinks entwickelt. Eines Tages ging er in seine Stammbar und bat den Barkeeper, seinen üblichen Americano – bestehend aus Campari, Wermut und Soda – etwas aufzupeppen.

Der Barkeeper, Fosco Scarselli, entschied sich, das Soda durch Gin zu ersetzen und garnierte das Getränk mit einer Orangenscheibe statt der üblichen Zitronenscheibe. Der Graf war begeistert von dieser neuen Kreation, und das Getränk wurde schnell in der Stadt populär. Schließlich verbreitete es sich weit über die Grenzen Italiens hinaus und wurde zu einem der bekanntesten Cocktails der Welt.

Dubois schmunzelte bei der Erinnerung an Pierres leidenschaftliche Erzählung. In diesem Moment wurde ihm bewusst, dass es oft die kleinen Geschichten und Begegnungen im Leben sind, die unseren Alltag bereichern und uns verbinden. Er hob sein Glas und trank einen weiteren Schluck Negroni, während er sich vorstellte, wie Graf Camillo Negroni in einer italienischen Bar saß und seinen ersten Negroni genoss.

Die Unterhaltungen mit seinen Freunden nahmen ihren Lauf und schienen wie ein glitzerndes Netzwerk aus Geschichten und Anekdoten, die sie teilten. Sie sprachen über die aktuelle Kunstausstellung "Les Rencontres de la Peinture", ein Kaleidoskop aus atemberaubenden Gemälden und Skulpturen, die den Betrachter in ferne Welten entführten.

Plötzlich hörten sie draußen auf der Straße ein schallendes Gelächter und das Dröhnen von Musik. Eine Gruppe junger Männer fuhr mit einem gigantischen Lautsprecher auf einem Roller vorbei und schien die Nacht in Besitz zu nehmen.

"Könnten wir nicht etwas gegen diese Störenfriede tun?", fragte einer von Dubois Freunden, während sie den vorbeiziehenden Jugendlichen hinterhersahen.
"Wir haben es bereits versucht", seufzte Dubois. "Aber sie sind wie Schatten, die immer wieder auftauchen und verschwinden."

Die Nacht schritt voran, und die Bar füllte sich mit bekannten Gesichtern, die sich in den Strudel aus Gesprächen und Lachen einfügten. Als die Cocktails ihre Wirkung entfalteten, wurden die Dialoge immer lebhafter und die Freunde schienen sich in einem tanzenden Schleier aus Worten und Emotionen zu verlieren.

Inmitten der sorglosen Atmosphäre der Bar erwähnte

einer der Gäste die neue Galerie in der Rue du Port, die mit atemberaubenden Kunstwerken aufwartete. Dubois stimmte begeistert zu und erzählte von seiner persönlichen Bekanntschaft mit dem Künstler Jacques Leclerc, dessen Schöpfungen die Macht hatten, die Seele zu berühren.

Während der Titel „Maria" von Bon Entendeur die Luft durchdrang, wurde die Bar von einem plötzlichen Geräusch unterbrochen - ein Glas, das auf den Boden fiel und in tausend Scherben zersprang. Ein junger Mann stand an der Bar, sein Blick leer wie ein unbeschriebenes Blatt.

Dubois' Instinkte als Polizist übernahmen sofort die Kontrolle, und er sprang auf, bereit, auf jede mögliche Bedrohung zu reagieren. Er war es gewohnt, in stressigen Situationen schnell zu handeln, und seine jahrelange Erfahrung hatte ihn gelehrt, immer auf der Hut zu sein.

Er beobachtete den jungen Mann sorgfältig, um herauszufinden, ob er eine Gefahr darstellte oder ob es sich nur um einen unglücklichen Unfall handelte. Dubois bemerkte, dass der junge Mann blass und zittrig war, aber er schien keine Anzeichen von Aggression oder bösen Absichten zu zeigen. Er hatte einfach nur zu tief ins Glas geguckt.

Die Freunde eilten herbei und halfen dem Mann, der die Kontrolle verloren hatte. Als er langsam wieder zu sich kam, bot Dubois an, einen Krankenwagen zu rufen, doch der Mann lehnte ab und beschloss, sich auf den Heimweg zu machen. Gemeinsam stützten sie ihn und begleiteten ihn hinaus in die Nacht.

Zurück in der Bar, nahm die Gruppe ihre Plätze ein und

vertiefte sich erneut in ihre Gespräche. Die Nacht verwandelte sich in eine Symphonie aus Stimmen, Lachen und Musik, die selbst das Dröhnen der Rollerfahrer draußen auf der Straße überstimmte.

Als der Abend zur Neige ging, erhob sich Dubois und verabschiedete sich von seinen Freunden. "Es war eine großartige Nacht, aber ich muss morgen früh wieder in der Arbeit sein."

Mit herzlichen Umarmungen und Versprechen, sich bald wiederzusehen, verließen sie die Bar und Dubois machte sich auf den Weg nach Hause. In den stillen Gassen von St. Tropez hallten die Erinnerungen an die Nacht wider, und Dubois wusste, dass er Freunde hatte, auf die er sich immer verlassen konnte.

Philippe Dubois erinnerte sich an eine Anekdote, die er vor vielen Jahren gehört hatte, als er zum ersten Mal nach St. Tropez kam. Es war eine Geschichte über Brigitte Bardot, die zu dieser Zeit in der Stadt lebte und oft im Hafen gesehen wurde.

Die Geschichte besagte, dass Bardot eines Tages im Hafen spazieren ging, als sie einen kleinen Jungen sah, der gerade ins Wasser gefallen war. Der Junge konnte nicht schwimmen und schrie um Hilfe. Bardot zögerte keine Sekunde und sprang sofort ins Wasser, um den Jungen zu retten. Sie brachte ihn sicher an Land und kümmerte sich um ihn, bis seine Eltern auftauchten.

Die Geschichte verbreitete sich schnell in St. Tropez und Bardot wurde von den Menschen der Stadt als Heldin gefeiert. Es war ein Moment, den Philippe nie vergessen würde, denn er zeigte, dass selbst Prominente wie Bardot bereit waren, ihre eigenen Bedürfnisse hintanzustellen, um anderen in Not zu helfen.

Philippe erinnerte sich daran, dass er als junger Polizeioffizier in St. Tropez arbeitete, als er die Gelegenheit hatte, Brigitte Bardot kennenzulernen. Er war von ihrem Charme und ihrer Schönheit beeindruckt, aber vor allem von ihrer Bescheidenheit und Freundlichkeit. Es war eine Begegnung, die ihn geprägt hatte und die er nie vergessen würde. Auch noch heute besuchte sie ihre Wahlheimat mit Freunde und alle Einwohner in der Stadt, die sie auf freundliche Weise BB nannten, freuten sich jedes Mal, sie zu sehen.

Als Philippe sich an diese Geschichte erinnerte, konnte er nicht anders, als über das Wesen des Heldentums nachzudenken. Es war nicht unbedingt der Akt selbst, der jemanden zum Helden machte, sondern die Bereitschaft, anderen in Not zu helfen und das eigene Leben für andere aufs Spiel zu setzen. Und das, dachte er, war eine Tugend, die in einer Stadt wie St. Tropez, die von Prominenz und Glamour geprägt war, oft vergessen wurde.

Philippe lächelte bei dem Gedanken an diese Erinnerungen und wusste, dass er in St. Tropez immer wieder solche Geschichten hören und erleben würde, die ihn dazu inspirierten, ein besserer Mensch und ein besserer Commissaire zu sein.

Dubois schlenderte durch die Straßen von St. Tropez, seine Gedanken noch immer bei seinem Abend mit Freunden in der Le 1051 Bar. Es war spät, aber die Straßen waren immer noch pulsierend und strahlten eine magnetische Energie aus. Der Commissaire war froh, dass er die Gelegenheit hatte, nach der Arbeit ein wenig zu entspannen.

Während er durch die Stadt schlenderte, fiel ihm die malerische Schönheit von St. Tropez auf. Die verwinkelten Gassen und der schimmernde Glanz der Yachten im Hafen erinnerten ihn daran, warum er sich in diese Stadt verliebt hatte. An jeder Ecke gab es etwas Faszinierendes zu sehen, etwas, das eine Erinnerung hervorrief.

Er ging an der Kirche Saint-Tropez vorbei, die seit Jahrhunderten in der Stadt steht. Die Türme der Kirche ragten majestätisch in den Himmel, während die Glocken leise läuteten und die Menschen daran erinnerten, dass es bald Mitternacht war. Dubois hatte viele Male in dieser Kirche gebetet und war jedes Mal tief bewegt von ihrer Schönheit.

Weiter ging es durch die Gassen, wo er an der berühmten Place des Lices vorbeikam, einem zentralen Platz, auf dem regelmäßig Märkte und Feste abgehalten wurden. Es war ein Ort, an dem sich die Bewohner und Touristen gleichermaßen trafen, um gemeinsam Spaß zu haben. Dubois erinnerte sich an einige der ausgelassenen Feten, die er hier in der Vergangenheit erlebt hatte, und ein verschmitztes Lächeln huschte über sein Gesicht.

Dann ging er weiter und erreichte das Hafenbecken. Die funkelnden Lichter der Yachten reflektierten sich auf dem Wasser und die Geräusche des Meeres und der Boote erfüllten die Nacht. Dubois schaute auf die unzähligen Boote und dachte darüber nach, welche Geheimnisse sich hinter ihnen verbergen mögen.

In diesem Moment fiel ihm auch sein Assistent Marc Laurent ein, dessen Familie ebenfalls eine Yacht besaß und oft am Hafen von St. Tropez anlegte. Dubois hatte

Marc in der Polizeiakademie kennengelernt und mochte seine Fähigkeiten und seine Loyalität. Aber manchmal konnte er ihn auch schwer einschätzen.

Er verließ den Hafen und ging weiter durch die Straßen von St. Tropez. Die Stadt war ruhiger geworden, aber immer noch voller Leben. Dubois kam an der Brasserie des Arts vorbei, einem beliebten Restaurant, das für seine hervorragenden Meeresfrüchte und sein lebhaftes Ambiente bekannt war. Er erinnerte sich an das erste Date mit seiner Frau, das er genau hier verbracht hatte.

Aus dem Bistro drang der Klang von Brigitte Bardots "Ne me laisse pas l'aimer" heraus. Das Lied, das in den 1960er Jahren entstanden war, handelt von einer Frau, die ihren Geliebten bittet, sie nicht den anderen Mann lieben zu lassen. Es ist ein emotionaler Ausdruck von Liebe und Eifersucht, der von Bardots charakteristischer Stimme perfekt vermittelt wird.

Die Entstehung des Liedes geht auf Bardots Erfolg als Schauspielerin und Stil-Ikone in den 1960er Jahren zurück. Sie hatte begonnen, Musik aufzunehmen und sich in der französischen Musikszene einen Namen zu machen. "Ne me laisse pas l'aimer" wurde schnell zu einem beliebten Song und zeigt ihre Talente als Sängerin und Performerin.

Die Melodie des Liedes weckte Erinnerungen in Dubois, und er dachte an die gemeinsamen Tage mit seiner Frau Marie, an ihre Liebe und an die unzähligen glücklichen Momente, die sie zusammen verbracht hatten. Obwohl die Zeit vergangen war, würde die Musik immer eine Verbindung zu diesen kostbaren Erinnerungen schaffen.

Ein paar Schritte weiter erreichte er den Place des Lices

erneut und blickte auf die Statue von Brigitte Bardot, der berühmten französischen Schauspielerin, die viele Jahre lang in St. Tropez gelebt hatte. Die Statue erinnerte ihn daran, dass St. Tropez nicht nur eine Stadt war, sondern auch ein Ort voller Geschichte und Prominenz.

Dubois schlenderte weiter durch die Straßen von St. Tropez, als er plötzlich einen dumpfen Schlag und einen Schrei in der Ferne hörte. Sein Instinkt als Commissaire und sein Verantwortungsbewusstsein als Polizist übernahmen sofort die Kontrolle über ihn. Er rannte in die Richtung des Schreis und hoffte, dass alles in Ordnung war.

Als er näherkam, sah er einen Mann am Boden liegen, der schwer verletzt war und nur noch vor sich hinmurmelte. Der Mann sagte immer wieder dasselbe: "Der Geist der Zeit wird vergehen". Dubois war verwirrt und besorgt und versuchte herauszufinden, was geschehen war.

Plötzlich hörte er Schritte in der Ferne und sah einen Schatten wegrennen. Er wusste, dass er schnell handeln musste, um den Täter zu fangen, bevor er entkommen konnte. Er rief nach Hilfe und rannte dem Täter hinterher, aber der Schatten war schon zu weit weg, um ihn zu verfolgen.

Als Dubois zu dem Mann zurückkehrte, der am Boden lag, erkannte er ihn zunächst nicht. Er fragte den Mann, wer ihm das angetan hatte, aber der Mann konnte nur noch flüstern: "Der Geist der Zeit wird vergehen". Dubois war besorgt und fragte sich, was diese Worte bedeuteten und wer der Täter war. Geistesgegenwärtig alarmierte er die Ambulance de St. Tropez und seine Kollegen aus dem Revier.

In diesem Moment konnte er nicht anders, als darüber nachzudenken, dass der "Geist der Zeit" tatsächlich vergehen würde. Jedoch erinnerte ihn dieser Satz an etwas anderes. Er murmelte leise vor sich hin: "Der Geist der Zeit wird vergehen". Es wollte ihm nicht einfallen. Aber er wusste auch, dass es seine Pflicht als Commissaire war, dafür zu sorgen, dass der Geist der Gerechtigkeit und des Rechts in St. Tropez niemals sterben würde.

Am Tatort bemerkte Dubois plötzlich den betörenden Duft von Gardenien, der die Luft erfüllte. Wie in einer Zeitkapsel wurde er in die Vergangenheit katapultiert. Er fand sich im malerischen Vorgarten seiner Großmutter wieder, der nur 30 km von St. Tropez entfernt lag. Üppige Blumenbeete umrahmten den Weg, und die bunten Farben der Pflanzen schienen in der warmen Sonne zu leuchten.

Seine Großmutter kniete gerade zwischen den Beeten, als sie liebevoll ein paar Gardenien einpflanzte. Der junge Dubois, neugierig wie er damals war, näherte sich seiner Großmutter und fragte sie mit großen Augen: "Großmutter, warum pflanzt du gerade diese wunderschönen Blumen?"

Sie lächelte und strich ihm sanft über das Haar. "Ach, mein kleiner Dubois, das sind Gardenien. Sie sind besondere Blumen, die uns an die Schönheit und Vergänglichkeit des Lebens erinnern. Schau, wie ihre samtigen, schneeweißen Blüten im Sonnenlicht strahlen."

Sie zeigte auf die Blüten und fuhr fort: "Der Duft der Gardenien ist wie ein sinnliches Gedicht, mein Lieber. Er hat Noten von süßer Jasminblüte, vermischt mit einem

Hauch von grünen Blättern und einem leichten Anklang von zarten Orangenblüten. In der Basis liegt eine warme, pudrige Nuance, die an Vanille erinnert."

Dubois atmete den Duft tief ein und spürte, wie das süße Aroma seine Sinne umschmeichelte. "Der Duft ist wirklich wunderschön, Großmutter."

Sie nickte zustimmend. "Ja, das ist er. Und weißt du, mein Kind, man sagt, dass der Duft der Gardenien die Menschen dazu einlädt, sich auf eine sinnliche Reise der Ruhe und Geborgenheit zu begeben. Er erinnert uns daran, die Schönheit um uns herum zu genießen und die kostbaren Momente des Lebens zu schätzen."

Während Dubois am Tatort die Erinnerung an den liebevollen Moment mit seiner Großmutter und den Duft der Gardenien in sich aufnahm, wusste er, dass er sich auf seine Intuition und die Lektionen seiner Großmutter verlassen musste, um diesen Fall zu lösen und St. Tropez wieder zu einem sicheren Ort zu machen.

Der Notarztwagen und auch die Polizeikolonne kamen quietschend zum Stehen, als die Sanitäter ausstiegen und den verletzten Mann auf die Trage hoben. Während sie ihn sorgfältig ins Fahrzeug bugsierten, durchsuchte der Commissaire Dubois die Kleidung des Mannes und entdeckte seine Brieftasche.

Vorsichtig öffnete er das Lederetui und entnahm eine schlichte Visitenkarte. Darauf stand in edlen Lettern der Name: Thomas De Villeneuve. Ein Name, der ihm bekannt vorkam. Irgendwo hatte er ihn schon einmal gehört. War es in einer Gesellschaftskolumne oder bei einer Online-Recherche? Er konnte es nicht genau sagen.

Die Notärzte sagten ihm, dass die Lage kritisch sei und sie versuchen würden, ihn am Leben zu halten. Sie wollten aber nichts versprechen und fügten hinzu, dass sie ihn ins Centre Hospitalier de Saint-Tropez bringen würden.

Der Commissaire Dubois blickte auf die Visitenkarte in seiner Hand und der Name Thomas De Villeneuve verfolgte ihn. Er erinnerte sich daran, dass er einmal einen Artikel über den Aufstieg des Aristokraten in der Tech-Branche gelesen hatte und dass seine Künstliche Intelligenz Software als bahnbrechend galt. Er hatte auch gehört, dass De Villeneuve aufgrund seines Erfolgs zu einem gefragten Gesprächspartner in der Branche geworden war und in der Lage war, einflussreiche Kontakte zu knüpfen.

Dubois stand da, verblüfft von der Enthüllung, die die Ermittlungen auf eine unerwartete Wendung führten: Eine innovative KI-Technologie, die scharfsinnig genug war, menschliche Stimmen, Gesten und Verhaltensmuster zu entschlüsseln, als wären sie transparente Glasfenster.

Diese Software, die ein wahres Wunderwerk der Tech-Branche war, hatte Firmen ermöglicht, menschliche Interaktionen und Verhaltensweisen in Echtzeit zu analysieren und zu perfektionieren, als würde man ein feinmaschiges Netz über die menschliche Natur spannen.

"Wie ein digitaler Sherlock Holmes, der Spuren in den Tiefen menschlicher Kommunikation aufspürt", dachte Dubois. Es war ein Meilenstein in der KI-Technologie, der dazu beitragen würde, das Leben von Menschen zu verbessern und den Umgang mit Technologie zu erleichtern.

Aber wie bei jedem glänzenden Werkzeug gab es auch eine Schattenseite. Die Möglichkeit, menschliche Interaktionen zu analysieren und zu manipulieren, öffnete Tür und Tor für kriminelle Aktivitäten, wie ein düsterer Schleier, der sich langsam über den Horizont legte. Und in Anbetracht dessen, was mit Thomas De Villeneuve passiert war, schien dieser Gedanke nicht so abwegig zu sein.

Dubois wusste, dass er die Verbindungen zwischen De Villeneuve und seiner KI-Software untersuchen musste, um herauszufinden, ob seine Geschäfte möglicherweise dazu beigetragen hatten, seinen Tod herbeizuführen. Er hatte viele Fragen, auf die er Antworten finden musste.

Während er sich in seinen Gedanken verlor, erinnerte er sich plötzlich an etwas, das er in einer seiner Recherchen über De Villeneuve gelesen hatte. Eine kontroverse Aussage, die von einigen Menschen in der Branche kritisiert wurde. Er versuchte, sich daran zu erinnern, wo er es gelesen hatte, aber es war schwer zu sagen. Er beschloss, seine Kollegen bei der Police Judiciaire zu kontaktieren und sie um Hilfe bei der Suche nach Informationen zu bitten.

Dubois konnte nicht aufhören, an De Villeneuve und seine KI-Software zu denken. Er fragte sich, was der Aristokrat sich gedacht hatte, als er seine Software entwickelte, und wie er sich auf die Auswirkungen auf die Gesellschaft vorbereitet hatte. Würde diese Technologie die Welt verändern oder nur einen weiteren Meilenstein in der KI-Entwicklung darstellen?

Diese Fragen schwirrten ihm im Kopf herum, während er weiter über den Tatort ging und die Umgebung nach

Hinweisen durchsuchte. Es war ein Kampf gegen die Zeit, da es bald zu regnen beginnen solle und somit alle brauchbaren Spuren verschwunden sein würden.

Dubois überlegte, welche Schritte er als nächstes unternehmen sollte. Er wusste, dass es wichtig war, schnell zu handeln und alle möglichen Verdächtigen zu identifizieren, um den Täter zu finden.

Als die Spurensicherung am Tatort eintraf, nickte Commissaire Dubois dem Leiter der Spurensicherung, Catherine de Lacroix, zu und überließ ihr die Verantwortung für die Untersuchung des Tatorts. Dubois wusste, dass er Laurent und seinem Team vertrauen konnte, um jedes noch so kleine Detail gründlich zu analysieren und alle relevanten Beweise sicherzustellen. Dubois beobachtete das Geschehen mit dem wachsamen Auge eines Falken, während er in seinem Kopf die möglichen Szenarien durchspielte. Er konnte den Gedanken nicht abschütteln, dass der Mörder möglicherweise immer noch in der Nähe sein könnte. Mit der Entschlossenheit eines Generals kommandierte er einige Leute der Judiciaire in verschiedene Richtungen, die sogleich aufbrachen.

Während er durch die Straßen von St. Tropez in Richtung Polizeirevier lief, konnte er immer noch den Satz hören, den er von dem sterbenden Mann gehört hatte: "Der Geist der Zeit wird vergehen." Was bedeutete das? War es ein Hinweis auf das Motiv des Mörders? Oder war es einfach das Delirieren eines Sterbenden? Dubois konnte es nicht sagen, aber er wusste, dass es wichtig war, es im Hinterkopf zu behalten.

Mit einem schelmischen Lächeln, das seine Lippen

umspielte, dachte Dubois an die Ironie der Situation. Die gleiche KI, die die Welt verändern sollte, war nun ein Teil dieses morbiden Rätsels. Er beschloss, seinen Ermittlerinstinkten zu folgen und die Abgründe der KI-Technologie zu erkunden, in der Hoffnung, Licht ins Dunkel zu bringen.

Dubois blickte um sich und bemerkte, dass er sich in der Nähe des malerischen Hafens befand. Bilder von den schillernden Geschichten, die er gehört hatte, tanzten vor seinen Augen: Berühmtheiten und Jetsetter, die St. Tropez als ihre ganz persönliche Spielwiese auserkoren hatten. In Gedanken erinnerte er sich an seine eigenen Nächte in der Stadt, wie er mit Freunden in den Bars und Clubs tanzte und lachte, als gäbe es kein Morgen.

Doch heute Abend war die Szenerie alles andere als glamourös. Die Atmosphäre war düster und es gab keine Spur von Feierlichkeit. Stattdessen herrschte eine unheilvolle Stille, die nur durch das melancholische Rauschen des Meeres unterbrochen wurde.

Als er das Polizeirevier betrat, wurde er von seinen Kollegen begrüßt, deren besorgte Gesichter die Schwere der Lage zum Ausdruck brachten. Sie alle waren fest entschlossen, den Übeltäter auf schnellstem Wege zur Strecke zu bringen. Dubois war sich der herkulischen Aufgabe, die vor ihm lag, vollends bewusst, doch er war bereit, alles in seiner Macht Stehende zu tun, um das Rätsel zu entschlüsseln und den Fall zu lösen.

Er ließ sich an seinem Schreibtisch nieder und begann, die Informationen zusammenzutragen, die er bislang gesammelt hatte. Er grübelte über die KI-Software von Thomas De Villeneuve und die mögliche Verbindung zum Mord. Mit eiserner Entschlossenheit schwor er sich, alles zu tun, um den Fall zu lösen und Gerechtigkeit für das Opfer zu erreichen.

"Der Geist der Zeit wird vergehen." – Der Satz verfolgte ihn wie ein Schatten. Er schrieb ihn auf eine Post-it und klebte ihn sich an den Schreibtisch, als eine ständige Erinnerung an das Geheimnis, das gelöst werden musste.

Inmitten seiner Recherchen am Computer erinnerte er sich plötzlich, dass er seinen Assistenten, Marc Laurent, anrufen sollte.

Er griff zum Telefon und wählte die Nummer von Laurent. Nach ein paar Klingeltönen meldete sich Laurent verschlafen am anderen Ende. "Ja, Commissaire? Was gibt es?"

"Marc, es ist wichtig. Du musst sofort ins Revier kommen. Ich brauche deine Hilfe", sagte Dubois eindringlich.

"Was ist passiert?", fragte Laurent.

"Ich habe einen Mann auf der Straße gefunden. Er wurde schwer verletzt und hat etwas von einem 'Geist der Zeit' gesagt, bevor er das Bewusstsein verlor", erklärte Dubois.

"Das klingt ja gruselig. Ich komme sofort", sagte Laurent und legte auf.

Wenig später stürmte Laurent atemlos ins Polizeirevier, sein dunkles Haar zerzaust und seine bernsteinfarbenen Augen vor Neugier weit aufgerissen. Als Assistent und enger Freund von Dubois war er immer auf der Suche nach dem nächsten Puzzlestück in einem Fall.

Laurent war ein Mann mittlerer Größe mit einer schlanken, aber athletischen Statur, die auf seine marokkanischen Wurzeln und seine Liebe zum Sport zurückzuführen war. Sein Gesicht war markant, mit einer hohen Stirn, vollen Lippen und einer leicht gebogenen Nase, die ihm ein exotisches Aussehen verlieh. Seine Haut hatte einen warmen, olivfarbenen Teint, der seine attraktiven Gesichtszüge betonte.

Trotz des Altersunterschieds von rund acht Jahren verband Dubois und Laurent eine tiefe Freundschaft, die sich seit ihrer gemeinsamen Jugend in St. Tropez entwickelt hatte. Sie waren wie Pech und Schwefel, immer bereit, gemeinsam die Herausforderungen des Lebens und der Kriminalität zu meistern.

Laurents Modegeschmack war ein gelungener Mix aus klassisch-elegant und lässig-modern. Er bevorzugte gut sitzende Anzüge in gedeckten Farben wie Marineblau oder Grau, kombiniert mit einem dezenten Hemd und einer passenden Krawatte. Gelegentlich tauschte er den Anzug jedoch gegen eine gut sitzende Jeans und ein lässiges Hemd, wenn die Situation es erlaubte. Seine Kleidung war stets makellos und strahlte eine zeitlose Eleganz aus, die den Respekt seiner Kollegen und die Bewunderung derer, die ihn kannten, auf sich zog.

"Also, was ist passiert, Commissaire?", fragte er, während er versuchte, seinen Atem zu fangen.

Dubois berichtete Laurent akribisch von den Ereignissen und schilderte ihm, wie er das markerschütternde Schreien vernommen hatte. "Ich vermute, wir haben es mit einem brutalen Mord zu tun, Marc. Aber ich stehe vor einem Rätsel, wer der sinistre Täter sein könnte oder welch düsteres Motiv ihn dazu getrieben hat."

Laurent lauschte gebannt und nickte. "Das ist in der Tat eine prekäre Lage, Commissaire.", meinte er mit einem selbstbewussten Ausdruck.

Dubois nickte zustimmend. "Das ist wahr. Doch wir müssen auf der Hut sein, Marc. Wir wissen nicht, wer hinter dieser perfiden Tat steckt oder was die Triebfeder war. Wir müssen jeden Funken einer Idee in Erwägung ziehen", sagte er mit ernster Miene.

Laurent nickte zustimmend. "Ganz recht, mein Freund. Lassen Sie uns alle verfügbaren Anhaltspunkte sammeln und unsere Schlussfolgerungen daraus ziehen. Wir werden diesen Schurken zur Strecke bringen, Commissaire", entgegnete er und schenkte Dubois ein ermutigendes Lächeln, das die Entschlossenheit in ihren Herzen widerspiegelte.

Dubois nickte. "In der Tat, das werden wir. An die Arbeit!", sagte er und begann erneut, die Informationen sorgfältig zu sammeln und zu ordnen. In diesem Moment erreichte sie eine betrübende Nachricht vom Centre Hospitalier de Saint-Tropez. Der leitende Mediziner teilte ihnen mit, dass trotz aller Bemühungen der Rettungskräfte, Thomas De Villeneuve bereits verstorben war, als er im Krankenhaus eintraf. Dubois und Marc Laurent nahmen die Nachricht mit Bedauern zur Kenntnis und verstanden, dass sie es mit einem Mordfall von beachtlicher Bedeutung zu tun hatten.

Sie beschlossen, den Fall bis zum nächsten Tag ruhen zu lassen. Sie waren noch ermattet von ihrem nächtlichen Abstecher in die Clubs und mussten ihre Kräfte sammeln, um den Fall mit voller Energie angehen zu können.

Laurent verabschiedete sich und Dubois verharrte noch einen Moment auf seinem Stuhl. Während er dort saß, schwelgte er in Erinnerungen an all die anderen Fälle, die er im Laufe seiner Karriere gelöst hatte. Es war nicht das erste Mal, dass er sich einem kniffligen Fall gegenübersah, aber dieser hatte es in sich. Ein Aristokrat wurde kaltblütig ermordet. Der Préfet des Departements Alpes-Maritimes, Sébastien Bernard, würde mit Sicherheit nicht gerade vor Begeisterung in die Luft springen, wenn in seinem Einflussbereich ein berühmter und erfolgreicher Aristokrat das Zeitliche segnete.

Als er das Revier verließ, bemerkte er den Platzregen, der in Strömen vom Himmel fiel. Jede noch so winzige Spur, die der Mörder möglicherweise hinterlassen hatte, würde nun im wahrsten Sinne des Wortes ins Wasser fallen.

Die Seitenstraße, in der das Opfer gefunden wurde, war ein schmaler, verwinkelter Durchgang, der von den prächtigen, jahrhundertealten Steingebäuden, die St. Tropez so charakteristisch machen, eingerahmt wurde. Eine schwache Straßenlaterne warf ihr müdes Licht auf das grobe Kopfsteinpflaster, das von den unzähligen Fußgängern, die im Laufe der Jahre hier entlang gegangen waren, glatt getreten worden war.

Zur einen Seite der Gasse befand sich eine alte Bäckerei, deren geschwungene Holztür und eisernes Ladenfenstergitter von den Spuren der Zeit erzählten. Auf der gegenüberliegenden Seite stand ein historisches Haus mit pastellfarbenen Fensterläden und einem schmiedeeisernen Balkon, von dem herab ein paar verblasste Blumen in Töpfen hingen. Die Blätter einer alten Platane, die in der Nähe stand, raschelten leise im Wind und warfen ihre Schatten auf die Fassaden der Gebäude.

Obwohl die Gasse tagsüber von Einheimischen und Touristen gleichermaßen frequentiert wurde, die sich zwischen den Boutiquen und Cafés hindurchschlängelten, wirkte sie in der Dunkelheit verlassen und gespenstisch still. Nur das ferne Echo von Stimmen und das gelegentliche Klappern von Geschirr in einem nahegelegenen Restaurant drangen zu diesem versteckten Ort vor und vermittelten ein Gefühl von Isolation, das in krassem Gegensatz zum lebhaften Treiben stand, das nur wenige Schritte entfernt herrschte.

In dieser trügerischen Stille, die die Gasse umgab, war es schwer vorstellbar, dass hier ein Verbrechen geschehen war, das das friedliche Bild der malerischen Straße auf brutale Weise durchbrach. Und dennoch hatte sich genau hier ein Mord ereignet, dessen Aufklärung nun den entschlossenen Ermittlern oblag.

Mit einem tiefen Seufzer zog Dubois seinen Mantelkragen höher und schritt entschlossen in das Unwetter hinaus. Der Regen prasselte auf ihn nieder wie eine Armee aus Nägeln, doch Dubois blieb unbeirrt. Er wusste, dass jede Minute zählte, wenn er den Mörder aufspüren und seiner gerechten Strafe zuführen wollte.

Kapitel 1 – Der Tag nach dem Mord

Commissaire Dubois öffnete die Augen und blinzelte in das gleißende Sonnenlicht, das durch die bodentiefen Fenster seines Schlafzimmers auf dem Hügel von St. Tropez strömte. Er zog die schneeweiße Bettdecke zur Seite und setzte sich auf die Bettkante. Die Wohnung, die er seit Jahren bewohnte, war geräumig und geschmackvoll eingerichtet, ein Hort des Stils und der Eleganz. Sie war mit modernen Möbeln und schlichten, aber kunstvollen Dekorationen ausgestattet.

Als er aufstand und zur Tür seines Schlafzimmers trat, fiel sein Blick auf ein kleines Gemälde an der Wand. Es zeigte ein Segelboot, das durch das türkisblaue Meer von St. Tropez segelte. Dubois erinnerte sich daran, dass er es vor vielen Jahren auf einem Flohmarkt gekauft hatte. Es hatte ihn damals nur wenige Euro gekostet, aber er hatte es immer als sein Lieblingsstück betrachtet.

Er ging durch den Flur zur Küche und setzte den Espressokocher auf den Herd. Der betörende Geruch von frisch gebrühtem Kaffee erfüllte schnell den Raum. Während er darauf wartete, dass der Kaffee fertig war, trat er auf den Balkon hinaus und atmete tief die salzige Meeresluft ein.

Vor ihm erstreckte sich die wunderschöne Bucht von St. Tropez, in der sich zahlreiche Yachten und Boote auf dem türkisblauen Wasser tummelten. Er konnte das geschäftige Treiben der Stadt unten hören, während er den dampfenden Kaffee in der Hand hielt. In der Ferne konnte er die malerischen Hügel und Weinberge sehen, die das Hinterland der Côte d'Azur säumten.

Dubois lehnte sich gegen die Balkonbrüstung und starrte auf das Meer hinaus. Dabei nahm er den Duft der Blüten von Zitronen wahr, der sich zart mit der Meeresbrise vermischte und seine Sinne betörte. Ein Gefühl der Gelassenheit durchströmte ihn, als er den intensiven Zitrusduft einatmete.

Plötzlich fiel ihm ein, dass er nach dem Aufwachen seine Spotify Playlist "Uplifting Soul Classics" einschalten wollte. Er holte sein Smartphone hervor und wählte die Playlist aus. Der Musikstil der Motown Ära erklang und weckte in ihm ein Gefühl von Nostalgie und Freude. Die pulsierenden Rhythmen und kraftvollen Stimmen der Soul-Legenden erfüllten ihn mit Optimismus und Zuversicht für den bevorstehenden Tag.

Als sein Handy klingelte und seine Gedanken unterbrach, seufzte er und griff nach dem Gerät in seiner Hosentasche. Es war Marc Laurent, sein Assistent, der anrief, um ihn über den neuesten Stand der Ermittlungen zu informieren. Dubois trank schnell seinen Kaffee aus und eilte zurück in die Wohnung, um sich für den Arbeitstag vorzubereiten.

Er entschied sich für ein elegantes, sportliches Outfit, das seiner Statur schmeichelte. Er wählte ein hellblaues, maßgeschneidertes Leinenhemd und eine beige Chinohose, die seine langen, muskulösen Beine betonte. Dazu kombinierte er cognacfarbene Wildleder-Loafer und einen passenden Gürtel. Um dem Ensemble den letzten Schliff zu verleihen, legte er eine leichte, dunkelblaue Jacke aus einem edlen Materialmix über seine Schultern.

Sein Spiegelbild zeigte einen attraktiven Mann mittleren Alters mit einer beeindruckenden Statur. Seine großen, stattlichen Schultern zeugten von seiner Vergangenheit als Schwimmer, und seine elegante Haltung verlieh ihm eine würdevolle Ausstrahlung. Seine goldbraunen Locken umrahmten sein markantes Gesicht, wobei er die längeren Haare meistens zu einem lässigen Zopf zusammenband. Seine hellgrünen Augen funkelten vor Intelligenz und Entschlossenheit, die karamellfarbene Umrandung an der Iris verlieh seinem Blick eine warme und zugleich geheimnisvolle Tiefe.

Dubois war nun bereit, sich dem Tag und den Herausforderungen, die der Fall mit sich brachte, zu stellen. Mit einem letzten prüfenden Blick in den Spiegel verließ er seine Wohnung und machte sich auf den Weg zur Arbeit.

Er verließ seine luxuriöse Wohnung und setzte sich in seinen Wagen, einen eleganten, silberfarbenen Citroën DS, ein echtes Juwel der französischen Automobilgeschichte. Der Motor startete und er fuhr die gewundene Straße hinunter, die zu seinem Arbeitsplatz, dem Polizeirevier von Saint-Tropez, führte. Die Fahrt dorthin war immer wieder ein Erlebnis, das ihm die Schönheit und Vielfalt dieser einzigartigen Region vor Augen führte.

Gleich zu Beginn seiner Fahrt bot sich ihm ein atemberaubender Blick auf die azurblaue Bucht von Saint-Tropez. Die Sonne funkelte auf der spiegelglatten Wasseroberfläche und tauchte die Umgebung in ein warmes, goldenes Licht. Das Bild der zahlreichen Segelboote und Yachten, die in der Bucht vor Anker lagen, war wie ein Gemälde, das die Idylle und den Reichtum dieser Gegend widerspiegelte.

Weiter ging die Fahrt durch die verwinkelten Gassen der Altstadt von Saint-Tropez, in der sich malerische, pastellfarbene Häuser aneinanderreihten. Die engen Straßen waren von Bougainvillea und Jasmin bewachsen, deren Duft in der Luft lag und den Frühling ankündigte. Dubois passierte die charmanten Boutiquen und Kunstgalerien, die Saint-Tropez zu einem Mekka für Künstler und Kunstliebhaber gemacht hatten. Er konnte nicht umhin, die lebendige Atmosphäre und die kreativen Schwingungen, die von dieser Gegend ausgingen, zu bewundern.

Als er die Altstadt verließ, eröffnete sich ihm das Panorama der Hafenpromenade von Saint-Tropez, einem lebhaften Ort, an dem sich Einheimische und Touristen gleichermaßen tummelten. Hier legten prächtige Yachten an und elegante Menschen schlenderten entlang der kastanienbeschatteten Cafés und Restaurants, die die Promenade säumten. Die Atmosphäre war geprägt von Luxus und Glamour, aber auch von einer lässigen Gelassenheit, die so typisch für das Leben an der Côte d'Azur war.

*

Als Dubois am Hafen ankam, stieg er aus dem Wagen und atmete tief die salzige Luft ein, die in der Brise mitschwang. Die Duftnote des Meeres verband sich harmonisch mit den subtilen Spuren von frischem Fisch, die von den naheliegenden Marktständen aufstiegen. Eine lebendige Sinfonie von Gerüchen, die den Alltag in St. Tropez so authentisch machten. Er konnte das geschäftige Treiben der Stadt spüren und wusste, dass er den Fall so schnell wie möglich lösen musste, um das idyllische Leben in St. Tropez wiederherzustellen.

Dubois parkte seinen Wagen auf einem der malerischen Parkplätze am Hafen von St. Tropez und schlenderte die von Sonne geküsste Straße entlang zu seinem Lieblingscafé "Le Senequier". Das charmante Café trug einen unverwechselbaren roten Anstrich und war ein Ort der Begegnung für Genießer, die sich an köstlichen Croissants und exquisitem Kaffee erfreuten.

Als er das Café betrat, spürte er die wohltuende Wärme der Sonne auf seiner Haut, als würde sie ihn sanft streicheln. Gleichzeitig wurde er von einem Duft aus frischem Gebäck und geröstetem Kaffee umhüllt, der ihm förmlich ein Lächeln auf die Lippen zauberte. Er bestellte seinen üblichen Espresso und ließ sich an einem kleinen Tisch draußen auf der Terrasse nieder, der ihm einen wunderbaren Blick auf das bunte Treiben gewährte.

Während er auf seinen Kaffee wartete, beobachtete Dubois das Schauspiel der flanierenden Menschen: Touristen, die mit ihren Kameras wie Paparazzi auf Motivsuche gingen, Fischer, die mit dem aufsteigenden Sonnenlicht zu ihren Booten zogen, und Einheimische, die eiligen Schrittes ihrem Tagwerk nachgingen. Es herrschte eine geschäftige Atmosphäre auf den Straßen, doch das Café selbst war ein Refugium der Ruhe und Entspannung.

Er lehnte sich entspannt an einen Stuhl mit einer Rattanlehne, der vor dem charmanten Café auf der Terrasse stand. Die warme Sonne schien auf sein Gesicht, während er die belebte Atmosphäre der Straße in St. Tropez aufnahm. Der Stuhl, an den er sich lehnte, war ein typisches Beispiel für die traditionellen Sitzmöglichkeiten in der Stadt - stabil, bequem und stilvoll.

Als er das so saß, beobachtete er das lebhafte Treiben der Menschen um sich herum. Als Musikkenner konnte er es nicht umhin, auf die Musik zu achten, die im Hintergrund lief. Das Album "Last Tango in Paris" von Andre Kostelanetz beschallte das Café, und Dubois erkannte den Titel, der gerade abspielte: "Sweet Surrender".

Er dachte an den Stil von Andre Kostelanetz und wie dieser in "Sweet Surrender" zum Ausdruck kam. Kostelanetz war für seine leichten und eleganten Orchesterarrangements bekannt, die eine zeitlose Schönheit und Eleganz vermittelten. In "Sweet Surrender" fügte er seinem Stil eine Prise Tango hinzu, was dem Stück eine leidenschaftliche und zugleich melancholische Note verlieh.

Dubois spürte, wie die sanften Streicher und das warme Piano die Atmosphäre im Café bereicherten. Der Rhythmus des Tangos, unterlegt von einem zarten Akkordeon, schien seine Gedanken zu beflügeln, während er langsam seinen Kaffee trank. In diesen Momenten fühlte er sich seiner Kindheit nahe, als er den Jazzlegenden der 50er und 60er lauschte und von der Musik seiner Eltern geprägt wurde.

Inmitten des geschäftigen Cafés fand Dubois in "Sweet Surrender" einen flüchtigen Moment des Friedens und der Reflexion, bevor er sich wieder der Realität und der dringenden Aufgabe, den Mordfall aufzuklären, zuwenden musste. Doch für einen kurzen Moment ließ er sich von der Musik und den Erinnerungen, die sie heraufbeschwor, mitnehmen und in eine andere Welt entführen.

Als der Kaffee schließlich kam, trank er ihn bedächtig und genoss den Moment. Die Sonne legte ihren warmen Mantel um seine Schultern und die Rhythmen des Meeres drangen an sein Ohr. Er betrachtete die Schiffe und Boote, die im Hafen lagen, wie ein Ensemble maritimer Schönheiten, und sah den Touristen bei ihren Erkundungen zu.

Plötzlich wurde er von einer Gruppe lebenslustiger Einheimischer unterbrochen, die sich an den Tisch neben ihm setzten und in einer Mischung aus Französisch und Englisch plauderten. Ihre heiteren Gespräche, gepaart mit Lachen und Scherzen, zeugten von einer unbeschwerten Lebensfreude. Dubois schenkte ihnen ein warmherziges Lächeln und richtete seine Aufmerksamkeit wieder auf seinen Kaffee. Er wusste, dass ihn heute ein ereignisreicher Tag erwartete, doch in diesem Moment genoss er einfach nur das pulsierende Leben um sich herum.

Obwohl Dubois' auffallende Attraktivität oft die Blicke der Frauen auf sich zog, während er im Café saß, blieb er unbeeindruckt von der Aufmerksamkeit. Die Frauen lächelten leicht und versuchten, seine Aufmerksamkeit zu erregen, aber Dubois' Gedanken waren ganz bei seiner Arbeit und den Rätseln, die es zu lösen galt.

Er hatte im Laufe der Jahre gelernt, sich von solchen Ablenkungen fernzuhalten und sich auf das Wesentliche zu konzentrieren. Seine Entschlossenheit und sein Fokus waren die Grundpfeiler seiner erfolgreichen Karriere als Ermittler. Trotzdem schätzte er die Schönheit des Lebens und der Menschen um ihn herum und verstand, dass diese Momente einen Hauch von Leichtigkeit in einer sonst so ernsten Welt boten.

Nachdem er seinen Kaffee getrunken hatte, erhob sich Dubois von seinem Platz und machte sich auf den Weg. Er bezahlte und verabschiedete sich mit einer charmanten Geste von den Einheimischen am Nebentisch, bevor er sich auf den Weg zurück zu seinem Auto machte.

Während er ging, genoss er noch einmal den Anblick der prächtigen Boote im Hafen und die malerische Schönheit von St. Tropez. Es war ein perfekter Start in den Tag, der jedoch schon in der Nacht mit einem Mord begonnen hatte. Doch der heutige Morgen hatte ihm die Energie und den Elan verliehen, den Fall mit Entschlossenheit und Leidenschaft anzugehen.

*

Auf dem Weg zum Kommissariat beschloss Dubois, seinen Kollegen eine kleine Freude zu bereiten und kaufte ein Dutzend Pain au Chocolat bei einer der traditionsreichsten Lokalbäckereien in St. Tropez. Als er den Laden betrat, erfüllte ihn der vertraute Duft von frisch gebackenem Brot und süßen Gebäck.

"Hallo, Monsieur Dubois!", begrüßte ihn der Ladenbesitzer, Monsieur Charpentier, herzlich. "Wie immer ein Dutzend Pain au Chocolat, oder?"

"Bonjour, Monsieur Charpentier! Genau, ein Dutzend, bitte. Sie sind einfach die Besten in der Stadt", antwortete Dubois lächelnd.

Der Ladenbesitzer strahlte vor Stolz, als er die Pain au Chocolat in eine Papiertüte packte. "Vielen Dank, Monsieur Dubois. Ich hoffe, sie geben Ihren Kollegen die nötige Energie, um diesen schwierigen Fall zu lösen."

Dubois nickte zustimmend. "Ja, das werden sie sicherlich. Ihre Backwaren sind immer ein Lichtblick in unserem stressigen Arbeitsalltag. Merci beaucoup und einen schönen Tag noch, Monsieur Charpentier."

"Au revoir, Monsieur Dubois, und viel Erfolg bei den Ermittlungen!", verabschiedete sich der Ladenbesitzer, während Dubois die Bäckerei verließ und sich mit seiner süßen Gabe auf den Weg zum Kommissariat machte.

Als Dubois das Polizeipräsidium betrat, schallte ihm ein munteres "Bonjour, Commissaire!" entgegen. Seine Kollegen waren bereits eifrig dabei, die neuesten Erkenntnisse und Entwicklungen über den Fall auszutauschen. Dubois setzte sich an seinen Schreibtisch, der inmitten des heiteren Chaos wie eine Insel der Ruhe erschien, und begann die Informationen zu sondieren, die sich vor ihm auftürmten. Seine Kollegen freuten sich über die kleine Überraschung und bedankten sich fleißig beim Commissaire.

Der Aktenordner, den sein Assistent Marc Laurent ihm überreichte, war wie ein Schatz, der darauf wartete, erkundet zu werden. Mit der Präzision eines Uhrmachers blätterte Dubois durch die Seiten, bis er auf den Namen Antoine Reynard stieß. Bei diesem Namen schien die Luft im Raum vor Anspannung zu vibrieren.

Antoine Reynard, ein Unternehmer aus Paris mit einer schillernden Vergangenheit, war wie ein Mosaikstein, der das ganze Bild vervollständigte. Gemeinsam mit Thomas De Villeneuve hatte er die Firma "Trismegistos Solutions" aus dem Boden gestampft. Doch inmitten der bunten Geschichten, die seine Akte schmückten, lagen auch Schatten: die galt es ans Tageslicht zu führen.

Während Dubois gedanklich die Fäden der Geschichte entwirrte, bemerkte er nicht, dass Marc Laurent ihn mit der Neugier eines Forschers beobachtete. Laurent, der seinen Chef gut kannte, wusste, dass er in solchen Momenten das Rauschen der Welt um sich herum ausblendete und sich ganz auf den Fall konzentrierte. Mit einem feinen Lächeln und einem kaum hörbaren Räuspern sagte er: "Ich habe noch ein paar Informationen über Reynard gefunden, die ich Ihnen geben wollte."

Dubois blickte auf, und seine Augen funkelten vor Interesse. "Ja, ich habe gerade auch einige interessante Dinge über ihn gelesen. Was hast du gefunden?"

Laurent reichte ihm einen weiteren Aktenordner, und Dubois tauchte wieder ein in das Labyrinth der Details. "Faszinierend", murmelte er, als er auf einige Verbindungen zwischen Reynard und einem berüchtigten Kunsthändler stieß. Er machte sich weitere Notizen und schloss den Ordner mit der Eleganz eines Schachspielers, der gerade seinen nächsten Zug plant.

"Danke, Laurent", sagte er. "Das war sehr hilfreich."

Laurent nickte und verließ den Raum, während Dubois sich in seinem Stuhl zurücklehnte und über die neuen Informationen nachdachte. Er spürte, dass er auf der richtigen Spur war und dass ihm bald der große Schachzug gelingen würde, um den Mörder zu fassen.

Im selben Augenblick betrat Präfekt Sébastien Bernard das Zimmer. Bernard, ein Mann mit der Klugheit eines Weisen und der Energie eines jungen Löwen, besaß trotz seines fortgeschrittenen Alters immer noch die Entschlossenheit im Herzen. Er maß ungefähr 1,80 Meter und hatte den straffen Körperbau und die disziplinierte Haltung eines ehemaligen Offiziers der französischen

Marine. Obwohl er bereits die 60 Jahre überschritten hatte, sah er für sein Alter erstaunlich attraktiv aus.

Seine Glatze und die randlosen Brillen verliehen ihm eine imposante Autorität, die bei seinen Kollegen gleichermaßen Respekt und Zuneigung hervorrief. Trotz seines militärischen Auftretens zeichnete Bernard auch ein einfühlsames Vaterherz aus. Seine azurblauen Augen wurden durch seine dichten schwarzen Augenbrauen betont, welche seinem Gesicht einen eleganten Rahmen gaben und seine eindrucksvollen Augen hervorkehrten. Insgesamt besaß Bernard eine beeindruckende Erscheinung, die seine Erfahrung und sein Mitgefühl in harmonischer Balance widerspiegelte.

"Bonjour, Dubois", sagte Bernard mit einem warmen Lächeln, das die Weisheit der Jahre und die Frische der Jugend in sich vereinte.

"Morgen, Monsieur le Préfet", entgegnete Dubois respektvoll und richtete sich auf, als wäre er eine Marionette, die von einem unsichtbaren Faden gesteuert wird.

"Wie weit sind wir mit den Ermittlungen, Dubois? Gibt es schon Fortschritte?", fragte der Chef, während er sich in den Sessel neben dem Schreibtisch des Commissaires niederließ, als wäre es ein Thron.

"Wir haben bereits einige Nachforschungen angestellt und interessante Entdeckungen gemacht, aber es gibt noch viele Puzzleteile, die wir zusammensetzen müssen. Marc hat hierbei bereits großartige Arbeit geleistet", antwortete Dubois und reichte ihm den Aktenordner, der so viele Geheimnisse in sich trug.

Bernard nickte und blätterte durch die Akten, als wäre es eine Schatzkarte, die ihn zu den verborgenen Wahrheiten führen würde. Dubois wartete geduldig und nutzte die Zeit, um einen Schluck Kaffee zu genießen - das schwarze Lebenselixier, das die Müdigkeit in die Flucht schlug.

"Antoine Reynard, welch interessanter Charakter", murmelte der Chef und blätterte weiter. "Erinnerst du dich an den alten Spruch 'Schatten folgen dem Licht'? Hier scheint es so zu sein."

"Ja, er scheint ein wichtiger Verdächtiger zu sein. Er ist Geschäftspartner von Thomas De Villeneuve, und zusammen haben sie die Firma Trismegistos Solutions gegründet", erklärte Dubois, während er seine Brille zurechtrückte, als wäre es ein Kompass, der ihm helfen würde, seinen Weg durch den Fall zu finden.

"Trismegistos Solutions, ich habe schon von ihnen gehört. Die Firma hat ihren Hauptsitz in Paris, oder?", fragte der Chef und sah auf, seine Augen funkelten wie Sterne in der Nacht.

"Ja, das stimmt. Aber wir haben herausgefunden, dass Antoine Reynard auch eine Wohnung in St. Tropez hat. Deshalb konzentrieren wir uns momentan auf seine Verbindungen hier in der Stadt", erklärte Dubois und nahm den Aktenordner zurück.

"Ich sehe, du bist gut vorbereitet. Wie sieht es mit den anderen Verdächtigen aus?", fragte der Chef und lehnte sich zurück, als würde er eine Symphonie der Gedanken dirigieren.

"Wir haben eine Liste von Personen, die zum Zeitpunkt

des Mordes in der Nähe des Tatorts waren. Aber bisher haben wir noch keine konkreten Beweise gefunden", antwortete Dubois und seufzte – ein Seufzer, der die Last der Verantwortung und die Hoffnung auf eine Lösung in sich trug.

"Das wird noch kommen. Du weißt doch, Geduld ist eine Tugend", sagte der Chef und lächelte, seine Zähne schienen wie Perlen in der Morgensonne zu glänzen.

Dubois konnte nicht anders, als zu schmunzeln. Sein Chef hatte immer einen Spruch auf Lager und eine positive Einstellung, die ihn immer wieder motivierte. Die Unterhaltung neigte sich dem Ende zu und der Commissaire fühlte sich erneut inspiriert, sich dem Mordfall mit frischer Energie zu widmen.

*

Commissaire Dubois und Laurent saßen im Revier, umgeben von einem Labyrinth aus Akten und Notizen, und wogen ihre nächsten Schritte in dem Mordfall ab. Sie kamen überein, dass es an der Zeit war, Reynard zu kontaktieren, um mehr über dessen Verbindungen zum Opfer in Erfahrung zu bringen.

Laurent wählte die Nummer mit leichter Anspannung und wartete, bis am anderen Ende der Leitung abgehoben wurde. "Guten Tag, hier ist Inspecteur Laurent von der Polizei St. Tropez. Es tut mir leid, Ihnen mitteilen zu müssen, dass Ihr Geschäftspartner, Thomas De Villeneuve, gestern Abend ums Leben gekommen ist. Es scheint, dass er Opfer eines Verbrechens wurde. Wenn es Ihnen möglich ist, würden wir uns freuen, wenn Sie sich mit uns treffen könnten, um über Ihre Beziehung zu ihm und Ihrem gemeinsamen Unternehmen zu sprechen."

Am anderen Ende der Leitung herrschte einen Moment Stille. "Was? Das ist sehr überraschend und schockierend. Ich kann es kaum fassen", sagte Reynard schließlich mit belegter Stimme.

"Wir verstehen, dass dies sehr schwer für Sie sein muss. Wir würden uns jedoch gerne mit Ihnen treffen und einige Fragen stellen, um den Fall aufzuklären", antwortete Laurent einfühlsam.

"Ja, das ist in Ordnung. Treffen wir uns doch bei der Strandbar 'Le Plage' in St. Tropez. Sie kennen diesen Ort sicherlich, oder?", schlug Reynard vor.

"Ja, das klingt gut. Wie wäre es in einer Stunde?", fragte Laurent.

"Das passt. Ich werde da sein", bestätigte Reynard und legte auf.

Die Ermittler, Commissaire Dubois und Laurent, verließen das Revier und stiegen in ihren Dienstwagen, um sich auf den Weg zur Strandbar zu machen. Die Fahrt dorthin führte sie durch die malerischen Straßen von St. Tropez, vorbei an weiß getünchten Häusern und üppigen Bougainvillea-Hecken, die in voller Blüte standen. Die beiden tauschten Geschichten über frühere Fälle aus, während sie die lebhaften Straßencafés und eleganten Boutiquen passierten, die das Stadtbild prägten.

Angekommen am Zielort, waren sie bereit, Reynard zu befragen. Sie hatten einige Fragen an ihn und hofften, dass er ihnen helfen würde, Licht ins Dunkel des Falles zu bringen. Reynard erwartete sie bereits an einem Tisch mit Blick auf das Meer. Die Sonne schien auf die Wellen, ein idyllisches Bild, das im starken Kontrast zu der Ernsthaftigkeit ihres bevorstehenden Gespräches stand. Sie nahmen sich einen Moment Zeit, um die Szenerie aufzunehmen und sich mental auf die Begegnung vorzubereiten, in der Hoffnung, der Wahrheit ein Stück näherzukommen.

Als sie sich der Strandbar näherten, veränderte sich die Atmosphäre spürbar. Die Strandbar 'Le Plage' war ein beliebter Treffpunkt für Einheimische und Touristen gleichermaßen. Das Lokal war umgeben von einer bezaubernden Mischung aus Palmen und üppigem Grün, die einen angenehmen Schatten spendeten. Die Gäste, darunter junge Familien, Sonnenanbeter und neugierige Reisende, entspannten sich in farbenfrohen Liegestühlen oder genossen erfrischende Cocktails unter den Strohschirmen. Gelächter und lebhafte Gespräche vermischten sich mit dem beruhigenden Rauschen der Wellen.

Als Dubois und Laurent die Strandbar betraten, wurden sie von einer Symphonie aus Düften begrüßt. Eine Mischung aus verschiedenen Sonnenölen erfüllte die Luft, und der Duft der exotischen Monoï-Blume, die in Tahiti heimisch ist, erinnerte Dubois an seine unvergesslichen Ferien auf der Insel.

Er dachte an die atemberaubenden Sonnenuntergänge, die er am Horizont beobachtet hatte, und die kristallklaren Lagunen, in denen er stundenlang geschwommen war. Er erzählte Laurent von einer besonderen Anekdote, als er während einer Bootsfahrt zur Nachbarinsel Moorea auf eine Gruppe verspielter Delfine stieß. Die verspielten Tiere hatten ihn und seine Mitreisenden begleitet, und Dubois schwärmte von der unvergleichlichen Schönheit dieses Naturspektakels.

Diese Erinnerungen brachten ein Lächeln auf Dubois' Gesicht, während sie sich Antoine Reynard näherten, um ihren Fragen auf den Grund zu gehen und dem Mordfall ein Stück näher zu kommen.

"Ah, Commissaire Dubois und Inspektor Laurent, es ist mir ein Vergnügen, Sie zu treffen", begrüßte Reynard sie mit einem höflichen Lächeln, als sie sich zu ihm gesellten. "Es ist so traurig, dass wir uns unter diesen Umständen treffen müssen."

"Ja, das ist es in der Tat, Monsieur Reynard. Aber wir sind hier, um Antworten zu finden", entgegnete Dubois ernst und klappte seinen Notizblock auf.

"Entschuldigen Sie, wenn wir direkt zur Sache kommen, aber wir hätten ein paar Fragen an Sie", fügte Laurent vorsichtig hinzu.

"Natürlich, meine Herren. Ich werde Ihnen helfen, soweit ich kann", erwiderte Reynard und blickte Dubois direkt an.

Dubois nickte und begann die Befragung. "Wann haben Sie Monsieur De Villeneuve zuletzt gesehen?"

"Das war gestern, als wir uns in unserem Büro in Paris trafen, um einige geschäftliche Angelegenheiten zu besprechen", antwortete Reynard.

"Gab es während dieses Treffens Meinungsverschiedenheiten oder Streitigkeiten?", fragte Laurent, während er seine Stimme leicht anhob.

Reynard schüttelte entschieden den Kopf. "Oh nein,

meine Herren, ganz und gar nicht. Wir waren nicht nur geschäftlich eng verbunden, sondern auch durch die Bande der Freundschaft. Unser Verhältnis war stets von gegenseitigem Respekt und Vertrauen geprägt."

Dubois studierte Reynards Mimik und Gestik mit detektivischer Akribie. Er bemerkte, dass Reynard mitunter auffällig lange über seine Antworten sinnierte, was ihm ein Gefühl von Unbehagen bescherte.

"Darf ich Sie fragen, ob Ihnen bekannt ist, ob Thomas Feinde hatte oder gar bedroht wurde?", fragte Dubois und beobachtete Reynards Reaktion genau.

"Nein, überhaupt nicht. Es fällt mir schwer vorzustellen, dass jemand einen Grund gehabt hätte, Thomas Schaden zuzufügen", antwortete Reynard und blickte Dubois ehrlich an.

Dubois spürte, dass Reynard ihm nicht die ganze Wahrheit verriet, doch ihm fehlten die entscheidenden Indizien, um ihn zu überführen.

"Könnten Sie uns mitteilen, wo Sie sich gestern Nacht zur Stunde der Missetat befanden?", fragte Dubois und beobachtete Reynards Reaktion aufmerksam.

"Ich war zu Hause. Nach einem langen Tag im Büro sehnte ich mich nach etwas Ruhe", antwortete Reynard, wobei er leicht nervös wirkte.

"Wo ist Ihr Büro?", fragte Laurent interessiert.

"Es befindet sich in Paris, aber gestern kehrte ich nach St. Tropez zurück, um hier einige Angelegenheiten zu erledigen", erklärte Reynard.

„Wie konnten Sie gestern tagsüber noch im Büro sein und am Abend wieder in St. Tropez?" fragte Laurent mit einem Anflug von Skepsis.

Reynard schaute Laurent ungläubig an. „Nun, ich nahm den TGV Méditerranée, der mich von Paris zum Gare de Saint-Raphaël-Valescure brachte. Die Reise dauerte lediglich fünf Stunden. Anschließend bestieg ich mein Boot im "Port Santa Lucia" und fuhr nach St. Tropez. Insgesamt verstrichen sieben Stunden, bis ich am Hafen Vieux Port de Saint-Tropez ankam. Mein Abend war wahrlich ereignisreich."

Dubois und Laurent wechselten einen kurzen, aber vielsagenden Blick, als Reyard plötzlich schwieg und nachdenklich wurde.

Dubois fragte: „Und was taten Sie danach?"

„Oh, ich traf meine bezaubernde Freundin Natalie Lefebvre. Wir genossen ein unvergessliches Mahl im La Vague d'Or. Es ist gewissermaßen unsere Tradition, wenn wir uns nach längerer Zeit wiedersehen."

Dubois wurde ungeduldig, da Reynard immer nur knappe Antworten gab, statt sich ausführlicher zu äußern. „Monsieur Reynard. Könnten Sie uns bitte ausführlich berichten, wie Ihr gestriger Abend verlief?"

„Wie bereits erwähnt, traf ich in St. Tropez ein und begab mich in die Gesellschaft meiner Freundin Natalie. Wir speisten gemeinsam, dann schlenderten wir Hand in Hand entlang der bezaubernden Promenade und kehrten schließlich in unsere Wohnung zurück. Möchten Sie etwa auch wissen, was sich hinter verschlossenen Türen zutrug?" Er schmunzelte und war sich der Antwort der Police Judiciaire sicher.

Dubois notierte sich die Antwort in seinem Notizblock. "Und wie würden Sie Ihre Beziehung zu Thomas beschreiben? Gab es etwaige Unstimmigkeiten oder Streitigkeiten zwischen Ihnen?"

Reynard dachte kurz nach, bevor er antwortete: "In geschäftlichen Angelegenheiten traten gelegentlich Differenzen auf, doch das ist wohl unvermeidlich. Alles in allem waren wir gute Freunde und erfolgreiche Geschäftspartner."

Neugierig fragten sie ihn nach dem Satz, den das Opfer kurz vor seinem Tod gesagt hatte: "Monsieur De Villeneuve sagte in seinem letzten Atemzug Folgendes: „Der Zeit der Geist wird vergehen." Ruft bei Ihnen dieser Satz irgendetwas hervor?"

Reynard reagierte nachdenklich und versuchte, der Frage auszuweichen. "Ich muss gestehen, dass ich ratlos bin, was das bedeuten soll. Vielleicht hat er in seinen letzten Momenten verwirrte Dinge gesagt. Ich fürchte, ich kann Ihnen nicht weiterhelfen."

Dubois und Laurent ließen sich jedoch nicht abschütteln und drängten ihn weiter. "Können Sie sich an irgendetwas erinnern, das möglicherweise mit diesem Satz zusammenhängt? Vielleicht etwas, das Herr De Villeneuve gesagt hat oder eine Information, die er geteilt hat?"

Reynard dachte einen Moment nach und schien sich zu erinnern. "Nun, ich erinnere mich, dass Thomas oft über die Bedeutung von Zeit und Geist sprach. Er war ein

Mann, der viel über die Philosophie und das Leben nachdachte. Aber ich kann nicht sagen, ob das etwas damit zu tun hat."

Laurent sah ihn aufmerksam an. "Und was hat er über die Verbindung zwischen Zeit und Geist gesagt?"

Reynard zögerte einen Moment, bevor er antwortete: "Er sagte oft, dass die Zeit vergeht, aber der Geist bleibt. Er glaubte, dass unser Geist und unsere Gedanken für die Ewigkeit bleiben, auch wenn unser Körper vergeht."

Dubois und Laurent tauschten einen kurzen Blick aus. "Danke für Ihre Hilfe, Monsieur Reynard. Wir werden uns bei Ihnen melden, falls wir weitere Fragen haben", sagte Dubois höflich.

Dubois und Laurent beendeten das Gespräch und verabschiedeten sich von Reynard. Sie mussten mehr Informationen sammeln und die Zusammenhänge zwischen Reynard und De Villeneuve genauer untersuchen.

Dubois hatte das Gefühl, dass es noch mehr zu der Geschichte gab, aber er konnte nicht herausfinden, was es war. Er beschloss, Reynard vorerst nicht aufs Revier zuu zitieren und weiter zu ermitteln.

"Danke für Ihre Kooperation. Wir werden uns bei Ihnen melden, wenn wir weitere Fragen haben", sagte Dubois und stand auf.

Reynard nickte und verabschiedete sich höflich. Dubois und Laurent verließen die Strandbar und fuhren zurück ins Revier, um ihre Erkenntnisse zu besprechen.

"Ich habe den Eindruck, dass hier noch mehr im Argen liegt", sagte Dubois zu Laurent, als sie im Auto saßen. "Antoine Reynard hat uns nicht die ganze Wahrheit gesagt. Vergessen dürfen wir nicht Natalie Lefebvre. Wir sollten auch sie befragen."

Laurent nickte zustimmend. "Ja, da stimme ich zu. Wir sollten uns auch die Telefon- und Bankaufzeichnungen von Reynard und De Villeneuve ansehen, um zu sehen, ob es irgendwelche Auffälligkeiten gibt. Diese vermeintlichen Details könnten sich als entscheidende Puzzlestücke entpuppen."

*

Dubois und Laurent waren von ihrem Hunger getrieben, als sie die Straßen von Saint-Tropez erkundeten. Sie hatten das Gefühl, dass nur eine exquisite Mahlzeit ihre müden Geister heben und ihre Ermittlungen neu beleben konnte.

Schließlich fanden sie sich vor L'Auberge des Maures wieder, einem entzückenden Restaurant, das sich in der malerischen Rue du Docteur Boutin befand. Ein wunderbarer Ort, dachte Dubois, der schon lange eine Schwäche für kulinarische Köstlichkeiten hatte.

Die beiden Männer betraten das historische Gemäuer und ließen sich von der warmen Atmosphäre des Restaurants umfangen. Hier fühlte man sich wie in einer vergangenen Zeit, in der die Einfachheit der Dinge und die Anerkennung von wahrem Geschmack regierten. Alte, mit Wein bewachsene Mauern und eine schlichte, aber einladende Einrichtung schufen ein Ambiente, das sowohl gemütlich als auch elegant war.

Dubois erinnerte sich wehmütig an die vielen Stunden, die er in diesem Restaurant verbracht hatte, und lächelte bei dem Gedanken an seine Lieblingsmahlzeit: Lamm mit Rosmarin und Kartoffelgratin. Es war, als könnte er den Duft dieser wunderbaren Speisen noch in der Luft schmecken. Es war auch der Lieblingsort von Marie gewesen. Es tat ihm im Herzen weh, dass er sie nicht wiedersehen konnte.

Laurent bemerkte das Lächeln auf Dubois' Gesicht und fragte: "Scheint, als hättest du hier einige Erinnerungen, Philippe?"

Dubois antwortete mit einem schelmischen Grinsen: "Oh, das habe ich. Die Geschichten, die ich dir erzählen könnte, mein Freund. Aber heute sind wir hier, um unsere Hungergeister zu besänftigen und neue Erinnerungen zu schaffen."

Das Personal des Restaurants empfing sie mit der Gastfreundschaft, die Dubois so sehr schätzte. Sie wurden zu ihrem Tisch geführt, wo sie sogleich die Speisekarte studierten, die voller verführerischer Gerichte war. Dubois konnte nicht anders, als eine Anekdote aus seinem Schatzkästchen der Erinnerungen zu teilen.

"Als Marie und ich hier unseren 10. Hochzeitstag feierten, bestellte ich das Beef Bourguignon, während sie Moules Frites wählte. Ich kann dir sagen, Marc, diese Mahlzeit war wie ein symphonisches Meisterwerk, bei dem jedes Aroma und jeder Bissen eine Ode an die Schönheit der französischen Küche war."

Laurent schmunzelte über Dubois' theatralische Beschreibung und entgegnete: "Nun, dann hoffe ich, dass unser heutiges Essen dem in deiner Erinnerung ebenbürtig sein wird, Philippe."

"Marc, was hältst du davon, wenn ich das Steak bestelle oder vielleicht das Ratatouille?", fragte Dubois schelmisch und schaute zu seinem Assistenten.

"Ich bin unentschlossen, Philippe. Es gibt hier eine Fülle an verlockenden Optionen. Aber ich denke, ich werde das Huhn nehmen", antwortete Laurent, wobei er auf das Gericht auf der Karte zeigte.

"Ja, das stimmt. Es ist immer eine gute Wahl. Aber ich denke, ich bleibe beim Steak", antwortete Dubois mit einem verschmitzten Lächeln.

Sie gaben ihre Bestellung auf und warteten darauf, dass ihr Essen kam. Dubois konnte es kaum erwarten, in das saftige Steak zu beißen und sich an den herrlichen Geschmack zu erinnern, den er so lange nicht mehr genossen hatte.

Dubois und Laurent setzten sich an den Tisch und bestellten Getränke. Als sie ihre Gläser hoben, um anzustoßen, fing Dubois an zu sprechen: "Also, was denkst du über Reynard?"

"Er schien mir ein bisschen nervös", antwortete Laurent. "Und er hat immer wieder lange nachgedacht, bevor er geantwortet hat."

"Ja, das ist mir auch aufgefallen", stimmte Dubois zu. "Aber er hat auch einige interessante Informationen geliefert. Zum Beispiel, dass er und De Villeneuve in letzter Zeit einige Streitigkeiten hatten."

"Das stimmt. Aber das heißt ja nicht automatisch, dass er ihn ermordet hat", gab Laurent zu bedenken.

"Nein, das nicht. Aber es ist eine weitere Spur, der wir nachgehen müssen", sagte Philippe. "Außerdem hat er uns davon erzählt, dass er gestern Abend mit seiner Freundin spazieren war und ein Alibi hat."

"Das ist richtig", erinnerte sich Marc. "Aber wir sollten auch die Freundin, Natalie Lefebvre, genauer unter die Lupe nehmen. Vielleicht hat sie etwas gesehen oder gehört, was uns weiterhelfen könnte."

"Genau das habe ich auch gedacht", sagte Philippe. "Und wir sollten auch prüfen, ob Reynard ein Motiv gehabt haben könnte. Vielleicht hatte er finanzielle Schwierigkeiten oder war eifersüchtig auf De Villeneuve. Wer weiß?"

"Stimmt, das müssen wir alles noch herausfinden", sagte Marc und kritzelte eifrig Notizen in sein Notizbuch.

Sie diskutierten noch eine Weile über ihre Erkenntnisse und spekulierten über mögliche Verdächtige, während der Duft von frischem Brot und Kräutern ihre Sinne betörte. In der Luft hing auch der verführerische Duft von Blumen, die auf den Tischen des Restaurants arrangiert waren: ein betörender Mix aus Lavendel, Jasmin und Rosen.

Das Essen wurde serviert, und Dubois und Laurent sahen sich ihre Teller an. Dubois hatte sich für das Steak mit Pfeffersauce entschieden, während Laurent das provenzalische Huhn bestellt hatte. Der Duft der Speisen war einfach unwiderstehlich: das Steak duftete nach aromatischen Kräutern, während das Huhn einen Hauch von sonnengereiften Tomaten und frischem Basilikum verströmte.

"Das sieht wirklich köstlich aus", sagte Laurent und entlockte seinem Teller ein verführerisches Aroma.

Dubois nickte zustimmend. "Ja, das stimmt. Aber was meinst du, welcher Wein passt am besten dazu?"

Laurent überlegte einen Moment und schlug dann vor: "Ich denke, ein kräftiger Rosé würde gut passen. Vielleicht ein Château de Pampelonne?"

"Das klingt gut", stimmte Dubois zu. "Aber für mich ist eher ein vollmundiger Rotwein zu bevorzugen. Vielleicht ein Château Margaux?"

"Perfekt", sagte Laurent und winkte dem Kellner, um den edlen Rotwein und den Rosé zu bestellen.

Sie genossen ihr Essen und den Wein und diskutierten weiter über den Mordfall und ihre Ermittlungen. Das köstliche Mahl und die erlesenen Düfte, die ihre Sinne umgarnten, sorgten für eine angenehme Atmosphäre, in der sie ihre Gedanken austauschen konnten.

Nachdem sie ihre Teller leer gegessen hatten, beschlossen Dubois und Laurent, Natalie Lefebvre anzurufen und sie zu treffen, um mehr über Reynards Alibi zu erfahren und möglicherweise neue Informationen zu erhalten, die ihnen bei der Lösung des Mordfalls helfen könnten.

*

Laurent wählte die Nummer und wartete gespannt, bis Natalie Lefebvre antwortete. "Guten Tag Madame Lefebvre, hier spricht Inspecteuer Laurent vom St. Tropez Police Judicaire. Wir haben einige Fragen zu Ihrem gestrigen Abend mit Monsieur Reynard. Wäre es möglich, dass wir uns mit Ihnen treffen und einige Fragen stellen?"

"Ich verstehe", erwiderte Lefebvre mit einer ruhigen, fast gelassenen Stimme. "Ich befinde mich derzeit im Büro. Es handelt sich um den Standort von TRISMEGISTOS Solutions an der Cote d'Azure. Könnten Sie hierher kommen?"

"Ja, das ist in Ordnung. Wir werden in etwa einer halben Stunde dort sein", sagte Laurent und legte auf, bevor er sich mit einem kurzen Nicken zu Dubois wandte.

Während sie sich auf den Weg zum Büro von Natalie Lefebvre machten, dachte Dubois über seinen Kollegen und Freund nach. Inspektor Marc Laurent war ein überaus enthusiastischer und humorvoller Mensch. Seine positive Energie und sein mitreißendes Lachen hatten schon so manchen düsteren Tag aufgehellt, besonders für Dubois. Trotz seiner humorvollen Art war Laurent ein äußerst gewissenhafter und kompetenter Ermittler.

Als die schwere Sache mit Marie geschah, war es Laurent, der sich einfühlsam um Dubois kümmerte und ihm durch diese schwierige Zeit half. Ihre Freundschaft wurde dadurch nur noch stärker, und sie waren seitdem unzertrennlich.

Laurent war nicht nur ein hervorragender Kollege, sondern auch ein liebevoller Familienvater. Er war verheiratet und hatte zwei Kinder, denen er seine ganze Zuneigung und Fürsorge schenkte. Trotz der

Anforderungen seines Berufs nahm er sich immer Zeit für seine Familie und stellte sicher, dass sie gut versorgt waren. In seiner Freizeit unternahm er gerne Ausflüge mit seiner Familie und spielte mit seinen Kindern, wobei er stets darauf bedacht war, ihnen wichtige Werte und Lebensweisheiten zu vermitteln.

Laurents enthusiastische und humorvolle Art half ihm nicht nur, schwierige Situationen im Berufsleben zu meistern, sondern auch ein harmonisches Familienleben zu führen. Er war ein wichtiger Stützpfeiler für Dubois, und gemeinsam bildeten sie ein unschlagbares Team in der Police Judiciaire.

Als sie in in der Rue Général Allard ankamen, wurden sie von Lefebvre am Empfang empfangen und in ihr stilvoll eingerichtetes Büro geführt.

Dort angekommen, ließen sich Dubois und Laurent auf den luxuriösen Sesseln nieder. Das Büro war geschmackvoll eingerichtet, mit einem beeindruckenden Schreibtisch aus dunklem Holz, einem bequemen Ledersessel und einem Regal voller erlesener Bücher. An der Wand hing ein faszinierendes Gemälde von einem Strand in St. Tropez.

Laurent sah sich neugierig um und fragte Lefebvre: "Ihr Büro ist wirklich äußerst geschmackvoll eingerichtet. Wo haben Sie diese Möbel her?"

Lefebvre lächelte sanft. "Danke, ich habe sie von einem Antiquitätenhändler hier in St. Tropez erstanden. Ich schätze das Flair von antiken Möbeln und den Charme, den sie ausstrahlen."

Dubois nickte zustimmend und sagte: "Es ist in der Tat

beeindruckend. Aber nun zur Sache."

"Danke, dass Sie gekommen sind", sagte Lefebvre höflich und ein wenig besorgt, als sie sich setzten. "Ich bin immer noch schockiert über den Tod von Thomas. Er war ein enger Freund von Antoine und mir."

"Wir verstehen das", erwiderte Dubois und öffnete seinen Notizblock. "Können Sie uns sagen, was Sie gestern Abend gemacht haben?"

"Ja, Antoine und ich waren gemeinsam im La Vague d'Or speisen. Danach sind wir spazieren gegangen", antwortete Lefebvre.

"Können Sie uns sagen, wo genau Sie spazieren waren?", hakte Laurent nach.

"Ja, wir sind von La Vague d'Or in Richtung Galerie de l'Annonciade gelaufen", sagte Lefebvre.

Dubois' Augenbrauen zogen sich zusammen, als er diese Information verarbeitete. Die Galerie de l'Annonciade - dort in der Nähe fanden sie das Opfer Thomas De Villeneuve.

Laurent schnupperte plötzlich und bemerkte einen betörenden Duft von Gardenien. "Entschuldigen Sie, aber woher kommt dieser bezaubernde Duft?", fragte er neugierig.

Lefebvre lächelte schelmisch. "Oh, das sind meine Gardenien. Ich bin geradezu vernarrt in ihren Duft und habe stets frische Blüten in meinem Zimmer."

Dubois und Laurent wechselten wieder einen

vielsagenden Blick. "Das ist durchaus interessant. Würden Sie es gestatten, dass wir uns auch das Zimmer ansehen?", erkundigte sich Dubois mit einem Anflug von Ironie in der Stimme.

Lefebvre nickte, sichtlich amüsiert, und führte sie in ihr Nebenzimmer. Es war ein gemütliches und geschmackvolles Zimmer, mit einem großen Schreibtisch, einem Schrank und einem kleinen Bücherregal. Die Luft war erfüllt vom berauschenden Duft der Gardenien.

Dubois hob eine Augenbraue und fragte: "Sind Sie sich absolut sicher, dass es lediglich die Gardenien sind, die diesen intensiven Duft ausströmen?"

Lefebvre sah ihn mit einem Hauch von Unschuld in den Augen an. "Aber natürlich, was meinen Sie denn?"

Dubois lächelte sarkastisch. "Nichts, nichts. Es war nur eine Anmerkung. Wir danken Ihnen, dass Sie uns in Ihr Zimmer gelassen haben."

Dubois und Laurent notierten sich die Informationen, die sie erhalten hatten. Anschließend verabschiedeten sie sich von Madame Lefebvre. Als die beiden Ermittler gegangen waren, blickte sie ihnen eine Weile hinterher und seufzte erleichtert. „Hoffentlich bohren sie nicht weiter nach!‟, dachte sie sich und strich dabei gedankenverloren über eine der prächtigen Gardenien.

*

Dubois und Laurent verließen das imposante Gebäude von Trismegistos Solutions. Als sie die von der Sonne geküsste Straße betraten, warf Dubois einen nachdenklichen Blick auf seine Notizen und seufzte.

Das Mittagstief hatte sie fest im Griff, und nichts konnte besser helfen als ein verführerisch duftender, frisch gebrühter Kaffee. Gemeinsam beschlossen sie, am Vieux Port entlangzuschlendern, in Richtung des legendären Cafés Senequier. Während ihres Spaziergangs tauschten sie sich angeregt über das kürzliche Gespräch mit Madame Lefebvre aus.

"Nicht überaus ergiebig, würde ich sagen", bemerkte Dubois.

"Das trifft es wohl", stimmte Laurent zu. "Aber zumindest haben wir eine weitere Bestätigung für Reynards Alibi erhalten."

"Das ist wahr", gab Dubois nachdenklich zu. "Doch wir dürfen nicht aufhören, nach Hinweisen zu suchen. Irgendetwas übersehen wir."

Laurent nickte zustimmend. "Das denke ich auch. Was hältst du von ihrer Reaktion auf unsere Fragen zu ihrer Beziehung zu De Villeneuve?"

Dubois runzelte die Stirn und zögerte einen Moment. "Sie beteuerte, es sei eine rein professionelle Beziehung gewesen, doch als wir sie darauf ansprachen, schien sie kurz unsicher."

"Das fiel mir ebenfalls auf", erwiderte Laurent kopfschüttelnd. "Ich denke, wir sollten dem auf den Grund gehen."

„Und vergessen wir nicht die Namen Pierre Bouchard und

Michel Dupont, die sie erwähnte. Wir sollten auch sie befragen. Möglicherweise stoßen wir dabei auf weitere Hinweise", merkte Dubois an.

„Besonders interessant war auch ihre Reaktion auf Thomas De Villeneuves letzte Worte", fügte Dubois hinzu.

Laurent nickte bestätigend: „Es war auffallend, wie sie sich unruhig auf ihrem Stuhl hin und her rutschte, als wir sie darauf ansprachen. Man konnte sofort erkennen, dass sie sich unwohl fühlte."

Dubois stimmte zu und machte weitere Notizen in seinem Notizbuch. Schließlich erreichten sie das Café.

Das Café Senequier in St. Tropez war ein malerisches Refugium, das von Reichen und Schönen frequentiert wurde, die Sonne und Meer in vollen Zügen genießen wollten. Es war ein Ort zum Entspannen und den Blick auf den Hafen schweifen zu lassen, während man ein erfrischendes Getränk und verlockende Leckereien zu sich nahm.

Die Einrichtung des Café Senequier war außergewöhnlich und unverkennbar. Lebhafte Farben - Rot und Weiß - dominierten den Raum und vermittelten eine heitere Atmosphäre. Draußen auf der Terrasse luden zahlreiche Tische und Stühle dazu ein, das Treiben des Hafens zu beobachten, während man die warmen Sonnenstrahlen genoss. Im Inneren herrschte eine wohlige Gemütlichkeit, hervorgerufen durch rote Ledersessel und hölzerne Tische.

Direkt am Hafen von St. Tropez gelegen, bot das Café Senequier von der Terrasse aus einen atemberaubenden Blick auf das Meer und die vorbeiziehenden Boote. Es war der perfekte Ort, um dem geschäftigen Treiben des Hafens zu entfliehen und die Aussicht auf das Meer zu genießen.

Das Café Senequier war berühmt für seine exquisiten Backwaren und Desserts, kreiert von den talentiertesten Konditoren der Stadt. Die Gäste hatten die Qual der Wahl unter einer Vielzahl von Delikatessen, darunter frische Croissants, süße Törtchen, verführerische Schokoladenpralinen und weitere Köstlichkeiten.

Die Geschichte des Café Senequier reichte zurück bis ins Jahr 1887, als Henri Senequier das Café eröffnete. Schnell entwickelte es sich zum Treffpunkt für Künstler, Schriftsteller und Berühmtheiten, die in St. Tropez lebten oder zu Besuch waren. In den 1950er und 1960er Jahren erreichte das Café Senequier seinen Höhepunkt der Popularität und beherbergte Stars wie Brigitte Bardot, Louis Armstrong und Gunter Sachs.

Heute ist das Café Senequier immer noch ein beliebter Anlaufpunkt für Einheimische und Touristen gleichermaßen. Es ist ein Ort, an dem man sich entspannen und den Blick auf das Meer genießen kann, während man exquisite Speisen und Getränke zu sich nimmt. Das Café Senequier bleibt ein Symbol der Kultur und des Luxus von St. Tropez und wird zweifellos noch lange ein begehrter Ort für Besucher und Einheimische bleiben.

Als sie im Café Senequier saßen und die warme Brise des Meeres genossen, begannen sie, ihre Erkenntnisse zusammenzufassen. Dubois trank seinen starken Espresso, während Laurent sich an einem frisch gebackenen Croissant erfreute, das mit fruchtiger Marmelade gefüllt war.

"Also, was ist unser nächster Schritt?", fragte Laurent, als er einen Bissen seines Croissants nahm.

"Ich denke, wir sollten uns noch einmal alle Alibis ansehen", sagte Dubois und schaute auf seine Notizen, während er einen Schluck Espresso nahm. "Vielleicht haben wir etwas übersehen oder es gibt Widersprüche, die wir nicht bemerkt haben."

Laurent nickte zustimmend, während sein Blick kurz auf eine vorbeischlendernde Dame fiel, die eine extravagante Sonnenbrille trug. "Das klingt vernünftig", stimmte er zu. "Und wir sollten auch noch einmal das Unternehmen von Reynard genauer unter die Lupe nehmen. Vielleicht gibt es etwas Verdächtiges in den Finanzen oder in der Geschäftspraxis."

"Ja, das ist auch eine gute Idee", sagte Dubois und schrieb es auf seine Liste. Er bemerkte einen Mann, der sich eilig durch die Menge bewegte und versuchte, nicht aufzufallen. Dubois konnte nicht anders, als sich vorzustellen, welche Geheimnisse der Mann verbergen mochte.

Sie arbeiteten den ganzen Nachmittag im Café weiter, diskutierten verschiedene Möglichkeiten, wie sie den Fall lösen konnten, und kamen zu dem Schluss, dass sie noch mehr Beweise sammeln mussten, bevor sie einen Verdächtigen festnehmen konnten. Ab und zu beobachteten sie in Gedanken versunken die vorbeiflanierenden Menschen, sich fragend, ob einer von ihnen möglicherweise in den Fall verwickelt sein könnte.

Als die Sonne langsam unterging und der Himmel sich in ein warmes Orange färbte, lehnte sich Dubois zurück und seufzte. "Das war ein langer Tag."

Laurent lachte, während er den letzten Bissen seines Croissants genoss. "Ja, das stimmt. Aber wir haben zumindest einige Fortschritte gemacht."

"Ja, das ist wahr", sagte Dubois und stand auf. "Lass uns einen kurzen Abstecher im Le Club 55 Plage machen. Wir brauchen etwas Energie und Gesellschaft, bevor wir morgen wieder anfangen."

*

Dubois und Laurent betraten das Le Club 55 Plage und wurden von einer Gruppe von fünf Freunden begrüßt. Da war Paul, ein aufstrebender Maler mit einem wilden, ungezähmten Bart und einer Vorliebe für knallige Farben, der stets voller Begeisterung über seine neuesten Projekte plauderte.

Frederique, ein muskulöser Mann in den Vierzigern, der von Beruf Fitnesstrainer war und stets lässig und entspannt wirkte. Julie, eine zierliche Frau mit kurzen, kastanienbraunen Haaren und einer charmanten Art, die von allen geliebt wurde. Sophie, eine elegante Dame mittleren Alters, die immer die neuesten Modetrends trug und ein begeisterter Opernliebhaber war.

Und schließlich Jacqueline, eine talentierte Schneiderin, die eine exklusive Boutique in St. Tropez besaß und für ihre einzigartigen Kreationen bekannt war. Ihre anspruchsvollen Kundinnen schätzten sie für ihre raffinierten Schnitte und die erlesenen Stoffe, die sie mit großer Sorgfalt auswählte.

Jacqueline hatte langes, wallendes Haar und strahlend

grüne Augen, die stets einen Hauch von Geheimnis umgaben. Ihre Hände waren geschickt und flink, und sie bewegte sich mit der Anmut einer Tänzerin. In der Gruppe galt sie als die kreative Seele, und ihr feines Gespür für Ästhetik und Eleganz faszinierte ihre Freunde immer wieder. Wenn sie zusammen feierten oder in die kleinen Gassen von St. Tropez schlenderten, erfreuten sie sich an ihrer lebhaften Unterhaltung und ihrem ansteckenden Lachen.

Dubois schätzte Jacqueline für ihren künstlerischen Geist und ihre unverwechselbare Persönlichkeit. Sie war für ihn eine Quelle der Inspiration und eine treue Freundin, die ihm in schwierigen Zeiten stets zur Seite stand.

"Ah, Philippe und Marc! Schön, euch hier zu sehen", begrüßte Paul ihn herzlich. "Wie läuft die Ermittlung?"

"Wir machen Fortschritte", antwortete Dubois. "Aber wir haben noch keine Verdächtigen im Visier."

"Wer könnte auch nur so etwas Schreckliches tun?" fragte Frederique mit einem Seufzer.

"Das frage ich mich auch", sagte Dubois und bestellte sich ein Glas Rotwein.

Die Erinnerungen an seine geliebte Frau Marie wurden in Dubois' Gedanken wachgerufen, während er das Le Club 55 Plage betrat. Hier hatten sie unzählige romantische Abende verbracht, gelacht und getanzt, bis die Sonne aufging. Die sanfte Meeresbrise wehte durch das offene Fenster des Clubs und brachte den Duft der nahegelegenen Bougainvillea mit sich, der Dubois an Maries lieblichen Parfüm erinnerte.

Sie unterhielten sich noch eine Weile über den Fall, bevor das Thema auf ihre eigenen Leben überging.

"Ich habe gehört, dass deine Tochter bald heiratet, Paul", sagte Julie und lehnte sich zurück.

"Ja, das ist richtig. Wir sind alle sehr aufgeregt", antwortete Paul und lächelte.

"Und wie geht es deiner Frau, Frederique?" fragte Laurent.

"Oh, sie ist in Ordnung. Immer noch sehr beschäftigt mit ihren Wohltätigkeitsprojekten", sagte Frederique und hob sein Glas.

Jacqueline schaute in diesem Moment zu Dubois und lächelte ihm sanft zu. Sie schien zu ahnen, dass er sich gerade an seine Frau erinnerte. Ihre Augen begegneten sich für einen kurzen Moment, bevor sie wieder ihren Blick senkte und einen Schluck von ihrem Wein nahm.

Dubois und seine Freunde sprachen weiter über aktuelle Ereignisse in St. Tropez. Sie diskutierten über die Eröffnung eines neuen Restaurants und die neuesten Mode-Trends.

"Und habt ihr gehört, dass die Regierung plant, das Nachtleben hier einzuschränken?", fragte Sophie.

"Ja, das habe ich gehört. Aber ich denke, es wird nicht viel verändern", antwortete Dubois und nahm einen Schluck Wein.

"Das hoffe ich", sagte Frederique. "Ich genieße es, abends auszugehen und mich mit Freunden zu treffen."

"Ja, das geht uns allen so", stimmte Laurent zu.

Sie wechselten das Thema und sprachen über ihre kommenden Urlaubspläne. Dubois erzählte von seinem bevorstehenden Besuch bei seiner Familie in Paris.

"Das wird schön sein", sagte Paul. "Ich vermisse Paris, seit ich weggezogen bin."

"Ja, es ist eine wunderschöne Stadt. Ich liebe es, zurückzukehren", sagte Dubois. Jacqueline lächelte wieder und sagte: "Vielleicht sollten wir alle zusammen eine Reise nach Paris planen. Es wäre schön, wieder einmal die Stadt der Lichter zu besuchen."

Dubois erwiderte ihr Lächeln und nickte zustimmend. "Das klingt nach einer großartigen Idee, Jacqueline. Vielleicht könnten wir das wirklich in Angriff nehmen."

Sie tranken noch ein letztes Glas und Dubois und Laurent verabschiedete sich von seinen Freunden.

Der Commissaire verließ das Le Club 55 Plage und machte sich auf den Heimweg. Die Straßen von St. Tropez waren ruhig und die Luft war warm. Er genoss den friedlichen Spaziergang zurück zu seiner Wohnung.

Er konnte das sanfte Rauschen des Meeres hören, das ihn auf seiner Route begleitete. Die belebten Straßen von St. Tropez waren nun fast leer und die Lichter der Stadt wurden allmählich schwächer, während er in Richtung seines Zuhauses schritt.

In seinen Gedanken wandte sich der Commissaire seinen Erinnerungen an seine Frau Marie zu. Er sah sie vor seinem inneren Auge, wie sie ihn mit ihrem warmen Lächeln begrüßte, als er von der Arbeit nach Hause kam. Die Erinnerung an ihren süßen Duft, der immer noch in seinem Gedächtnis haftete, ließ sein Herz schneller schlagen.

Er erinnerte sich an die leidenschaftlichen Momente, die sie miteinander geteilt hatten, als sie in den Straßen von St. Tropez spazierten und die Schönheit der Stadt bewunderten. Wie gern würde er doch diese Zeiten zurückholen.

Der Commissaire spürte plötzlich einen Windstoß und zog seinen Mantel enger um sich. Marie würde sich sorgen machen, wenn er zu spät nach Hause kam. Er stellte sich vor, wie sie ihn begrüßen würde, wenn er endlich zurückkehrte, mit einem Lächeln und einem warmen Abendessen, das auf ihn wartete.

Aber die Realität war, dass Marie nicht mehr da war. Der Commissaire konnte die schmerzhaften Details nicht ertragen und wandte seine Gedanken an die Zukunft. Die Zukunft, in der er Gerechtigkeit für Thomas De Villeneuve suchen würde.

Mit einem schweren Seufzer erreichte der Commissaire schließlich sein Zuhause. Er war so sehr erschöpft, dass er wie ein Stein ins Bett fiel und einschlief.

In seinen Träumen sah er sich und Jacqueline gemeinsam durch die Straßen von Paris spazieren, die schönen Momente teilend, die ihm schon lange entgangen waren. Ihre Gegenwart verlieh ihm eine Art Trost, und als er erwachte, fühlte er eine Hoffnung, die er lange nicht mehr gespürt hatte. Vielleicht konnte das Leben doch noch weitergehen und neue Freuden bereithalten.

Kapitel 2 – Der zweite Tag nach dem Mord

Als der Commissaire am nächsten Morgen erwachte, empfand er einen Hauch von Melancholie, denn die Erschöpfung in seinen Knochen fühlte sich an wie ein schwerer Mantel. Dennoch wusste er, dass er nicht lange im Bett verweilen konnte, denn ein neuer Tag und ein neuer Fall riefen nach ihm.

Er begab sich auf einen erfrischenden Lauf am Strand entlang, während die Morgensonne gerade über dem Horizont auftauchte und ihr wärmendes Licht auf seine Haut warf. Die Erinnerungen an glücklichere Zeiten, in denen er und seine geliebte Marie Hand in Hand am Strand spazierten, erfüllten sein Herz mit einer bittersüßen Sehnsucht.

Nach seiner morgendlichen Routine kehrte Dubois nach Hause zurück und kleidete sich sorgfältig in ein elegant sportliches Outfit: eine cremefarbene Leinenhose, die leicht und luftig war, ein hellblaues Leinenhemd, das offen bis zur Brust aufgeknöpft war und ein Paar bequemer brauner Ledersandalen. Er betrachtete sich im Spiegel und fand, dass er sich ganz passend für den Sommer in St. Tropez gekleidet hatte.

Der Commissaire beschloss, vor seinem Gang zur Arbeit noch einen Zwischenstopp im Café de Paris am Place des Lices einzulegen. Das Café de Paris war ein schillernder Ort voller Geschichten und Anekdoten, ein Treffpunkt für die Schönen und Reichen, die sich hier trafen und ihre Geschichten austauschten.

Kaum hatte er das Café betreten, als sein Geruchssinn von den verführerischen Düften des Ortes betört wurde.

Der Duft von frisch gebrühtem Kaffee vermischte sich mit dem süßen Aroma von Croissants und der leichten Würze von Zimt und Orangenblüten. Es war ein Fest für die Sinne und ein wahrhaft einladender Ort.

Der Commissaire bestellte einen Kaffee und ein Croissant des Hauses. Das Croissant war so frisch, dass es noch warm war und der Duft von Butter und Teig die Luft erfüllte. Der Commissaire biss hinein und spürte, wie das weiche Gebäck in seinem Mund zerging. Es war offensichtlich, dass es aus handverlesenen Zutaten hergestellt wurde, da der Geschmack so delikat und verführerisch war.

Während er auf der Terrasse saß, beobachtete er die vorbeigehenden Menschen, die das Leben in St. Tropez ausmachten. Eine junge Frau in einem bunten Sonnenhut und einem langen Sommerkleid, das im Wind flatterte, trug einen riesigen Strohkorb und schien auf dem Weg zum Markt zu sein. Ihre sonnengebräunte Haut und ihr strahlendes Lächeln verliehen ihr eine unwiderstehliche Anziehungskraft.

Im Gegensatz dazu sah er einen älteren Mann, der einen grauen Anzug und eine rote Krawatte trug. Er hastete an dem Café vorbei, während er auf sein Handy starrte. Er schien gestresst und besorgt zu sein, und sein hastiger Gang verriet, dass er es eilig hatte, irgendwohin zu kommen.

Die Gruppe von Touristen, die mit Kameras und Reiseführern ausgestattet waren, schlenderte langsam an dem Café vorbei. Sie sprachen aufgeregt auf Französisch, Deutsch und Englisch und zeigten auf die umliegenden Gebäude und Geschäfte, während sie Fotos machten. Ihr Gespräch erfüllte die Luft mit einem Gefühl von Entdeckerfreude und Neugier.

Das Café de Paris war ein Ort voller Anekdoten, wie die, dass Brigitte Bardot und ihre Kollegen hierherkamen, um nach dem Dreh von "Und immer lockt das Weib" zu feiern. Oder die Geschichte, in der die berühmte Schauspielerin Greta Garbo einst ihren Hund mit ins Café brachte und ihn auf den Tisch setzte.

Als der Commissaire das Café verließ, fühlte er sich erfrischt und bereit, sich den Herausforderungen des Tages zu stellen. Er machte sich auf den Weg in Richtung des Kommissariats, denn so schön auch diese Abwechslung im Café de Paris war, wartete eine mächtige Ermittlung auf ihn. Mit neuem Elan und Entschlossenheit schritt er voran, bereit, sich jedem Rätsel zu stellen, das das Schicksal ihm präsentieren würde.

*

Der Commissaire verließ das pittoreske Café de Paris und begab sich auf den Weg zum Polizeirevier. Die engen Gassen von St. Tropez pulsierten vor Leben, während er sich durch die Menschenmenge schlängelte, die auf dem Wochenmarkt geschäftig hin und her wogte. Die Sonne küsste seine Haut, und der verführerische Duft von frischen Blumen und knusprigem Brot schmeichelte seinen Sinnen.

Als er schließlich das Polizeirevier betrat, wurde er von seinem Assistenten Laurent mit einem Lächeln begrüßt. "Bonjour, Philippe", sagte Laurent und überreichte ihm eine dampfende Tasse Kaffee. "Wie steht es um unsere Ermittlungen?", fragte Dubois.

"Wir haben die Überwachungskameras in der Nähe des

Tatorts durchforstet, aber bisher keinen Durchbruch erzielt", erwiderte Laurent und zuckte bedauernd die Schultern. Der Commissaire seufzte und nippte an seinem Kaffee. "Wir müssen eine neue Spur finden. Gab es bei den Vernehmungen irgendeinen Hinweis?"

"Ja, Natalie Lefebvre hatte doch gestern den Namen von Monsieur Bouchard erwähnt. Er ist der IT-Experte bei der Firma von Thomas De Villeneuve. Vielleicht hat er etwas gesehen oder gehört", sagte Laurent.

"Ah, eine interessante Idee. Dann wollen wir diesen Monsieur Bouchard einmal kontaktieren", sagte der Commissaire und zückte sein Handy, um ihn anzurufen.

"Monsieur Bouchard, hier spricht Commissaire Dubois. Wir hätten einige Fragen zum Mord an Thomas De Villeneuve. Wäre es möglich, dass Sie uns im Revier einen Besuch abstatten?"

"Ich befinde mich zurzeit am Plage de la Ponche, Commissaire. Könnten wir uns vielleicht später treffen?", antwortete Monsieur Bouchard.

"Nun, der Strand ist nicht die schlechteste Idee. Wir werden uns in einer Stunde dort einfinden", sagte der Commissaire mit einem Hauch von Ironie in der Stimme und legte auf.

*

Eine Stunde später trafen der Commissaire und Laurent am Strand auf Monsieur Bouchard. Die Strandbar, La Plage des Rêves, war ein lebendiger Ort, geprägt von farbenfrohen Sonnenschirmen und entspannten Urlaubern, die Cocktails schlürften und die warme

Mittelmeersonne genossen. Das sanfte Rauschen der Wellen und das lebhafte Stimmengewirr bildeten die Kulisse für ihre Begegnung.

Der Commissaire und Laurent begrüßten Monsieur Bouchard und begannen, ihm Fragen zu stellen. Inmitten der belebten Strandbar bemerkten einige anmutige Damen, wie attraktiv der Commissaire in seiner Ray-Ban-Sonnenbrille aussah. Sie versuchten, ins Gespräch zu kommen, doch der Commissaire verhielt sich äußerst professionell und konzentrierte sich ganz auf das Auffinden von Bouchard.

"Monsieur Bouchard, sind Sie im Bilde, was vorgestern Abend geschehen ist?", fragte der Commissaire, während er den Duft einer Frau wahrnahm, der seine Sinne betörte. Es war ein sommerlicher Parfüm – ein Hauch von Bergamotte und Jasmin, vereint mit einer warmen Vanillenote, die ihm ein Gefühl von sorgloser Leichtigkeit vermittelte.

"Ja, ich habe davon gehört. Ich war aber nicht in der Nähe, als es passiert ist", antwortete Monsieur Bouchard.

Der Commissaire und Laurent fragten Monsieur Bouchard, wo er zur Tatzeit war.

"Ich war mit Freunden im La Table du Marché und wir sind erst spät abends nach Hause gekommen", antwortete er.

"Wie spät genau?", fragte der Commissaire.

"Es muss gegen 23 Uhr gewesen sein", antwortete Monsieur Bouchard.

"Können Ihre Freunde das bestätigen?", fragte Laurent.

"Ja, ich denke schon. Ich kann ihre Namen und Telefonnummern geben, wenn Sie möchten", antwortete Monsieur Bouchard.

"Das wäre sehr hilfreich. Wir werden sie kontaktieren", sagte der Commissaire.

Der Commissaire und Laurent fragten Monsieur Bouchard, welchen Weg er nach Hause genommen hatte. "Ich bin entlang der Quai de l'Epi am Hafen gelaufen", antwortete Monsieur Bouchard.

"Waren Sie alleine unterwegs oder gab es jemanden, der mit Ihnen gegangen ist?", fragte der Commissaire.

"Ich war alleine unterwegs. Meine Freunde sind in eine andere Richtung gegangen", antwortete Monsieur Bouchard.

Der Commissaire und Laurent tauschten vielsagende Blicke aus, als Monsieur Bouchard erwähnte, dass er entlang der Quai de l'Epi gegangen war. In der Nähe befand sich nämlich das Musée de l'Annonciade, in dessen Nähe das Opfer gefunden wurde.

"Das ist interessant. Das Musée de l'Annonciade ist in der Nähe von Quai de l'Epi. Hatten Sie irgendwelche verdächtigen Aktivitäten gesehen oder etwas gehört?", fragte der Commissaire.

Monsieur Bouchard schüttelte den Kopf. "Nein, ich habe nichts Ungewöhnliches bemerkt. Es war eine ruhige Nacht, bis ich zu Hause ankam."

"Haben Sie in den letzten Tagen irgendwelche verdächtigen Aktivitäten in der Firma beobachtet oder etwas gehört, das uns helfen könnte, den Mörder zu finden?", fragte Laurent.

Monsieur Bouchard dachte einen Moment nach, während er den Sand unter seinen Füßen spürte. "Nun, ich habe in letzter Zeit einige seltsame Aktivitäten auf den Servern der Firma bemerkt. Aber ich dachte, dass es nur ein technisches Problem war."

"Können Sie uns mehr darüber erzählen?", fragte der Commissaire, während er Laurent einen neugierigen Blick zuwarf.

Monsieur Bouchard begann seine mysteriöse Entdeckung zu schildern. Es begann damit, dass er ein paar unbekannte Dateien auf dem Server entdeckte. Als er sie öffnete, waren sie voller unverständlicher Codes und Programmiersprachen, die er noch nie zuvor gesehen hatte. Er dachte, dass es sich nur um ein technisches Problem handelte und löschte die Dateien.

Doch dann bemerkte er, dass die Dateien immer wieder auf dem Server erschienen. Er begann, genauer zu untersuchen, woher sie kamen, und entdeckte, dass sie von einer unbekannten IP-Adresse stammten. Die IP-Adresse konnte er jedoch nicht zurückverfolgen, da sie verschlüsselt war.

Monsieur Bouchard begann zu vermuten, dass es sich hierbei um einen Angriff auf die Server von Trismegistos Solutions handelte. Er begann, die Sicherheitsmaßnahmen zu erhöhen und setzte neue Firewalls auf, aber die Dateien tauchten immer wieder auf.

Dann fielen ihm weitere seltsame Dinge auf: Die Server waren langsamer als gewöhnlich und es gab Probleme bei der Übertragung von Daten. Monsieur Bouchard konnte jedoch nicht feststellen, was genau die Ursache dafür war.

Commissaire Dubois und Laurent hörten gebannt zu, während sie zwischen den Zeilen nach einem verborgenen Schatz an Informationen suchten, der sie auf die Fährte des Mörders führen könnte. Die mysteriösen Vorkommnisse auf den Servern der Firma schienen wie ein Schatten über dem Fall zu liegen. Vielleicht war der Mörder ein Meisterhacker, der sich auf die Jagd nach wertvollen Daten gemacht hatte.
Jedes Puzzlestück, das sie fanden, war von größter Bedeutung, und sie waren fest entschlossen, alle verfügbaren Hinweise zu verfolgen, um den Schleier des Verbrechens zu lüften.

Der Commissaire und Laurent wollten mehr über das Fundament, auf dem Trismegistos Solutions errichtet wurde, erfahren. Sie baten Monsieur Bouchard, ihnen die Geschichte der Firma zu erzählen. Er nickte und begann, die Geheimnisse der Vergangenheit zu enthüllen.

"Vor zehn Jahren gründete Thomas De Villeneuve Trismegistos Solutions, als die Gelegenheiten günstig waren. Er war ein aufstrebender Unternehmer mit einer Leidenschaft für künstliche Intelligenz. Sein Weg kreuzte sich mit Reynards an der renommierten École Polytechnique, und es dauerte nicht lange, bis sie ihre Talente in einer erfolgreichen Zusammenarbeit vereinten. Reynard, ein Meister der Technik, und Thomas, ein begnadeter Wortkünstler, führten das Unternehmen gemeinsam auf den Weg des Erfolgs", erklärte Monsieur Bouchard.

Er fuhr fort: "Ein schicksalhafter Pokerabend sollte das Leben der beiden grundlegend verändern. Reynard setzte seinen gesamten Stolz, den Code seiner KI-Programmierung, auf eine Karte. Thomas zog die bessere Karte und errang so den Sieg. Mit dem erbeuteten Code als Juwel in der Krone von Trismegistos Solutions entwickelte er eine Software, die den Schlüssel zum Erfolg in sich trug."

"Das ist höchst interessant", murmelte der Commissaire, während er sich einen imaginären Bart strich. "Könnten Sie uns mehr über das Verhältnis zwischen den beiden erzählen, Monsieur Bouchard?"

"Aber natürlich, Commissaire. Reynard sollte den Thron als Geschäftsführer besteigen, dank seiner Expertise im Umgang mit dem Code. Doch der Löwenanteil der Einnahmen floss in die Taschen von De Villeneuve. Reynards Unmut darüber war kein Geheimnis, und einmal hörte ich ihn flüstern, dass er sich für diesen Betrug rächen würde. Die genaue Bedeutung seiner Worte blieb jedoch im Dunkeln", antwortete Monsieur Bouchard.

"Und welche Vermutungen hegen Sie diesbezüglich?", fragte Laurent neugierig.

Monsieur Bouchard zuckte die Schultern, als hätte er gerade ein unsichtbares Gewicht abgeworfen. "Es ist schwer zu sagen, Commissaire. Reynards Unzufriedenheit mit seiner Rolle bei Trismegistos Solutions war bekannt, und Streitereien mit Thomas waren keine Seltenheit. Aber ob das mit seiner Drohung zu tun hatte, kann ich nicht sagen. Vielleicht sollten Sie

Madame Isabelle Leclerc, Thomas' bessere Hälfte, um Rat fragen."

Die Augen von Laurent und Dubois funkelten vor Vorfreude, als sie spürten, dass sie einem entscheidenden Hinweis näher gekommen waren.

"Wir danken Ihnen für Ihre Kooperation, Monsieur Bouchard. Sollten wir weitere Fragen haben, werden wir uns nicht scheuen, an Ihre Tür zu klopfen", sagte der Commissaire und überreichte ihm eine Visitenkarte, die gleichzeitig eine Einladung zur Zusammenarbeit darstellte.

Monsieur Bouchard nickte zustimmend, und der Commissaire und Laurent verabschiedeten sich, um weitere Pfade der Wahrheit zu beschreiten. Auf dem Weg ins Revier tauschten sie Gedanken über die wertvollen Informationen aus, die sie von Monsieur Bouchard erhalten hatten. Obwohl dieser keine offensichtliche Gefahr darstellte, waren sie sich bewusst, dass sie jeden Stein umdrehen mussten, um den Mörder von Thomas De Villeneuve zu finden.

*

Als sie das Revier betraten, kam ihnen sogleich Sébastien Bernard, der Préfet des Kommissariats, entgegen. Eine angenehme Duftwolke umgab ihn, ein Aroma, das an frische Zitrusnoten, aquatische Nuancen und ein Hauch von holzigem Patschuli erinnerte. Dieser Duft verlieh ihm eine zusätzliche Ausstrahlung von Selbstbewusstsein und Eleganz. Man hätte annehmen können, dass er sie um einen ausführlichen Bericht bitten würde, doch stattdessen verkündete er mit einem Schmunzeln: „Ich weiß nicht, wie es euch geht, meine Herren, aber mein

Magen verlangt nach etwas Delikatem. Wie steht es mit euch?"

Dubois' Magen knurrte bereits seit geraumer Zeit, und auch Laurent schien der Vorschlag nicht unangenehm zu sein.

Bernard erklärte, dass er seine beiden Schützlinge auf ein köstliches Mittagessen einladen wolle, und in den Augen der Ermittler flackerte Begeisterung auf - sie wussten genau, wohin es ging: "Le Bistrot des Lices", das Lieblingsrestaurant des Préfets.

Commissaire Dubois und Laurent nahmen in dem charmanten Oldtimer Platz, den Préfet Bernard für die Fahrt zum "Le Bistrot des Lices" ausgewählt hatte. Die Sonne strahlte in voller Pracht, und die Straßen von St. Tropez waren von Leben erfüllt. Bernard drehte den Schlüssel im Zündschloss, und der Motor des Oldtimers erwachte brummend zum Leben. Die Ermittler lächelten und lehnten sich entspannt zurück, als das Fahrzeug sich gemächlich in Bewegung setzte.

Während sie im Auto mitfuhren, hörten sie das Album von Quincy Jones "Soul Bossa Nova". Die Musik war ein faszinierender Mix aus Jazz, Bossa Nova und Funk, der ihre Füße zum Wippen brachte und ihre Stimmung anhob. Die Rhythmen waren unbeschwert und eingängig, und der Stil der Musik schaffte eine Atmosphäre von Leichtigkeit und Freude. Jedes Lied schien die Ermittler auf eine Reise durch die verschiedenen kulturellen Einflüsse und musikalischen Stile zu entführen, die Quincy Jones so meisterhaft miteinander verwebte.

Das Album "Soul Bossa Nova" wurde 1962 veröffentlicht und war ein Meilenstein in der Musikgeschichte, da es die traditionellen Bossa-Nova-Rhythmen aus Brasilien mit Jazz- und Funk-Elementen aus den Vereinigten Staaten verschmolz. Es zeigte auch das enorme musikalische Talent von Quincy Jones als Arrangeur und Produzent.

Die Melodien lösten bei den Ermittlern ein Gefühl von Nostalgie und Wohlbefinden aus, das sie während ihrer Fahrt durch die malerischen Straßen von St. Tropez begleitete. Die Musik von Quincy Jones schien perfekt zu der entspannten und lebhaften Atmosphäre von St. Tropez zu passen und verlieh ihrer Fahrt eine besondere Note.

Während sie durch die belebten Gassen von St. Tropez fuhren, vorbei an zahllosen Cafés und Restaurants, nahm Dubois die vielfältigen Düfte der Stadt wahr. Die verführerischen Aromen von frisch gebrühtem Kaffee und knusprigem Baguette vermischten sich mit der salzigen Brise des Meeres, und hier und da erhaschte er den süßen Duft von frisch gebackenen Croissants.

Bernard navigierte den Oldtimer geschickt durch die Straßen, und sie bewegten sich durch die malerischen Gassen der Altstadt von St. Tropez. Die Straßen waren eng und verwinkelt, gesäumt von charmanten Gebäuden und Boutiquen. Dubois konnte den intensiven Duft von Lavendel in der Luft riechen, und sein Blick verlor sich in der Ferne, wo die Hügel von St. Tropez in der Sonne funkelten.

"Es ist wahrlich ein Paradies hier", bemerkte Dubois und wandte sich Bernard zu, der aufmerksam die Straße im Blick behielt.

"Das ist es, mein Freund", erwiderte Bernard und schenkte ihm ein kurzes, zustimmendes Lächeln.

Schließlich erreichten sie das "Le Bistrot des Lices", das sich im Herzen von St. Tropez befand. Bernard parkte den Oldtimer auf einem nahegelegenen Parkplatz, und die Polizisten stiegen aus. Sie erblickten das entzückende Restaurant mit seinen farbenfrohen Tischen und Stühlen, die draußen aufgestellt waren, einladend inmitten der belebten Altstadt.

Als Dubois, Laurent und Bernard das Restaurant Le Bistrot des Lices betraten, wurden sie von einem herzlichen Empfang des Kellners Maurice begrüßt. Das Restaurant war ein pittoresker Ort, umgeben von einer Reihe von Boutiquen und Cafés. Die Tische waren mit schneeweißen Tischdecken und eleganten Kerzen geschmückt, und an den Wänden hingen eindrucksvolle Gemälde von lokalen Künstlern.

"Bonjour, Monsieur le Préfet, bienvenue au Bistrot des Lices," begrüßte Maurice Bernard. "Es ist eine Freude, Sie hier zu haben."

"Merci, Maurice," erwiderte Bernard, "wir haben gehört, dass das Essen hier ausgezeichnet ist."

"Das ist es, Monsieur, das ist es," bestätigte Maurice lächelnd. "Lassen Sie mich Sie zu Ihrem Tisch bringen."

Sie wurden zu einem Tisch geführt, der im vorderen Teil des Restaurants stand. Es war der Lieblingstisch des Préfets, wie Maurice ihnen erzählte. Der Tisch hatte einen Blick auf den Platz draußen, wo ein Markt stattfand, und die Leute gingen vorbei.

Die Atmosphäre im Restaurant war warm und einladend, und Dubois nahm den Duft von provenzalischer Küche in sich auf. Der verführerische Geruch von Rosmarin und Thymian, kombiniert mit dem Aroma von frisch gebackenem Brot und dem Hauch von Olivenöl, ließ seine Geschmacksknospen tanzen und erinnerte ihn an vergangene Zeiten, als er als junger Polizist in der Provence gedient hatte. Dieser vertraute Duft weckte in ihm ein Gefühl von Heimat und Geborgenheit, eine Erinnerung an lange Sommerabende und das Flirren der Zikaden in der Dämmerung.

Maurice reichte ihnen die Speisekarten. Dubois und Laurent schauten sich die Menükarte an, während Bernard ein kurzes Gespräch mit Maurice führte.

"Was empfehlen Sie heute Mittag?" fragte Dubois.

"Oh, wir haben heute Abend einige wundervolle Gerichte," antwortete Maurice. "Zum Beispiel haben wir Steak Frites, Soupe à l'Oignon, Coq au Vin, Croque Monsieur, und Tarte Tatin."

Das Steak Frites klang verlockend für Dubois, während Laurent sich auf die Coq au Vin entschied. Bernard schaute sich das Menü noch einmal an und entschied sich für die Soupe à l'Oignon.

"Und welchen Wein empfehlen Sie zu unseren Gerichten?" fragte Bernard Maurice.

"Für das Steak Frites empfehle ich einen Cabernet Sauvignon," antwortete Maurice. "Für den Coq au Vin empfehle ich einen Chianti. Und für die Soupe à l'Oignon empfehle ich einen Sancerre."

Bernard wählte den Sancerre aus und Maurice brachte ihnen eine Flasche des passenden Weins.

Während sie auf ihre Vorspeisen warteten, begannen sie, über den Fall zu sprechen. Dubois und Laurent informierten den Préfet über den aktuellen Stand der Ermittlungen und was sie bisher herausgefunden hatten.

Als die Vorspeisen ankamen, begannen sie zu essen. Dubois und Laurent hatten die Soupe à l'Oignon gewählt, während Bernard eine Schüssel mit Salat genoss.

"Das ist wirklich lecker," sagte Bernard und nahm noch einen Bissen von seinem Salat.

"Ich muss sagen, ich habe lange keine so gute Suppe mehr gegessen," sagte Laurent.

"Ja, es ist wirklich hervorragend", stimmte Dubois zu.

Als ihre Hauptspeisen ankamen, begannen sie zu essen und genossen das Essen. Dubois mochte das Steak Frites, Laurent fand den Coq au Vin ausgezeichnet und Bernard war sehr zufrieden mit seiner Suppe.

Laurent räusperte sich und begann zu sprechen: "Wir haben bisher einige interessante Informationen gesammelt. Wir haben Monsieur Bouchard befragt und er hat uns erzählt, dass Lefebvre, die Assistentin des Opfers, eine Beziehung zu Monsieur Reynard hat, dem Geschäftsführer der Firma. Sie war aber auch in der Vergangenheit mit Monsieur de Villeneuve liiert."

Bernard nickte, "Das ist interessant. Aber haben Sie irgendetwas, das direkt auf den Täter hinweist?"

Dubois antwortete: "Noch nicht, aber wir haben ein Auge auf Monsieur Reynard geworfen, da er den Algorithmus der Firma an Monsieur de Villeneuve verloren hatte. Es ist möglich, dass er aus Rache gehandelt hat."

Laurent ergänzte: "Wir haben auch Lefebvre befragt und sie hat uns erzählt, dass sie in letzter Zeit von einem Unbekannten belästigt wurde, der ihr seltsame Nachrichten geschickt hat."

Bernard runzelte die Stirn. "Das ist besorgniserregend. Wir sollten das genauer untersuchen. Wir werden auch Monsieur Dupont befragen und herausfinden, wer Zugriff auf die Server hatte."

Dubois nickte zustimmend. "Ja, das ist eine gute Idee. Wir werden uns auch mit Madame Leclerc treffen und sie über die Situation informieren."

Laurent nickte und fügte hinzu: "Wir werden auch noch einmal die Überwachungskameras in der Nähe des Tatorts prüfen, um zu sehen, ob wir irgendeine verdächtige Aktivität finden können."

Bernard nickte. "Gut, das hört sich vernünftig an. Ich erwarte weitere Fortschritte in diesem Fall." Er fügte noch hinzu: „Wie hieß nochmals der Satz, den der Tote noch im letzten Atemzug aussprach?"

Dubois schauderte es: „Der Geist der Zeit wird vergehen."

Bernard nickte erkennend: „Mir scheint es so, als ob dieser Satz mich an etwas erinnere. Aber ich komme nicht drauf."

Die Gourmets kehrten zum Essen zurück, während sie weiter über den Fall diskutierten und mögliche

Verdächtige besprachen. Der Mittag verlief ruhig und sie genossen das Essen und den Wein.

*

Commissaire Dubois, Laurent und der Préfet kehrten nach dem Mittagessen zurück in ihr Büro. Dubois und sein treuer Freund an der Seite mussten sich auf das nächste Gespräch vorbereiten. Dubois schaute auf seine Notizen und sagte: "Marc, unser nächstes Gespräch wird mit Isabelle Leclerc sein, der Ehefrau von Thomas De Villeneuve. Sie könnte uns wichtige Informationen geben, die uns helfen könnten, den Mörder zu finden."

Sie riefen Isabelle Leclerc an, die ihnen mitteilte, dass sie Zeit habe und die Ermittler gerne in ihr Anwesen in Ramatuelle, einem charmanten Dorf außerhalb von St. Tropez, kommen könnten.

Die Fahrt vom Polizeirevier zum Anwesen war wie ein Vers aus einem alten Gedicht, in dem die Natur und die Schönheit der Landschaft eine Hauptrolle spielten. Der Himmel war ein endloses Blau, das sich bis zum Horizont erstreckte und sich mit dem tiefen Azur des Mittelmeeres vereinte. Die Sonne schien hell und ergoss ihren goldenen Schein über die grünen Hügel und die pastellfarbenen Häuser, die sich an die sanften Hänge schmiegten.

Die Straßen schlängelten sich durch die malerische Landschaft, vorbei an Olivenhainen und Weinbergen, die sich über die Hügel erstreckten. Der Duft von wildem Lavendel und Rosmarin erfüllte die Luft, als sie durch das Hinterland von St. Tropez fuhren. Farbenprächtige Bougainvillea-Blüten in leuchtenden Tönen von Pink, Orange und Rot zierten die alten Steinmauern und schmückten die Häuser entlang der Route.

Der Küstenabschnitt, den sie auf ihrem Weg nach Ramatuelle passierten, war von unberührter Schönheit. Die sanfte Brandung des Mittelmeeres plätscherte an den feinen Sandstränden, während die Klippen in der Ferne das wogende Meer beobachteten und ihm ein Gefühl von Stille und Frieden vermittelten.

Wie in einem lyrischen Tanz vereinten sich die Farben, die Düfte und die Bilder zu einem harmonischen Gleichklang, der die Ermittler auf ihrer Fahrt begleitete. Das Anwesen von Isabelle Leclerc lag eingebettet in dieser idyllischen Szenerie und wartete darauf, seine Geheimnisse preiszugeben.

Die Ermittler betraten das Anwesen und waren sofort von der Pracht beeindruckt. Die Einfahrt war von üppigen Gärten gesäumt, in denen sorgfältig gepflegte Rasenflächen und farbenfrohe Blumenbeete miteinander verschmolzen. Zierliche Skulpturen und kunstvoll gestaltete Springbrunnen bereicherten das Ambiente und verliehen dem Ensemble eine gewisse Raffinesse.

Das klassische Landhaus im Kolonialstil zeichnete sich durch seine schlichte Eleganz aus. Die cremefarbene Fassade und die grünen Fensterläden bildeten einen harmonischen Kontrast zu den lebhaften Farben der umliegenden Natur. Eine große, einladende Veranda führte zum Haupteingang, an dem eine prachtvolle Holztür mit eindrucksvollen Schnitzereien und einem kunstvollen Türklopfer die Gäste willkommen hieß.

Im Inneren des Anwesens setzte sich der exquisite Geschmack fort. Ein großzügiger Eingangsbereich empfing die Ermittler, dessen hohe Decken und opulente

Wandverkleidungen in zartem Cremeton das Gefühl von Weite und Eleganz verstärkten. Ein prächtiger Kronleuchter hing in der Mitte des Raumes, der das Licht auf magische Weise brach und den gesamten Raum in warme Goldtöne tauchte.

Auf dem glänzenden Marmorboden lagen fein gearbeitete Teppiche, die aus fernen Ländern stammen mochten und von den vielen Reisen der Familie erzählten. An den Wänden hingen beeindruckende Ölgemälde, die sowohl Landschaften als auch Porträts von Vorfahren und bedeutenden Persönlichkeiten zeigten.

Die Ermittler wurden in ein prächtiges Wohnzimmer geführt, in dem der Kolonialstil perfekt zur Geltung kam. Schwere, dunkle Holzmöbel mit kunstvollen Schnitzereien standen auf einem prächtigen Perserteppich, der in warmen Rottönen gehalten war. Ein großer Kamin aus Marmor dominierte eine der Wände, und ein opulentes Ölgemälde thronte darüber.

Die Sitzmöbel im Raum waren eine gelungene Kombination aus klassischen Sofas und Sesseln, die mit edlen Stoffen in satten Farben wie Tiefgrün, Bordeauxrot und Gold bezogen waren. Die Polsterungen waren weich und einladend, und die Ermittler ließen sich auf einem der Sofas nieder, um die Befragung zu beginnen.

In den Fensternischen hingen schwere Samtvorhänge, die das Sonnenlicht sanft filterten und dem Raum eine warme, gedämpfte Atmosphäre verliehen. Accessoires wie prächtige Porzellanvasen, kunstvolle Messinglampen und handgefertigte Dekorationsobjekte vervollständigten das geschmackvolle Ensemble und ließen die Ermittler in Staunen versinken.

Die Ermittler, noch beeindruckt von der Pracht des Anwesens, sammelten sich und begannen die Befragung von Isabelle Leclerc.

Commissaire Dubois ergriff das Wort: "Frau Leclerc, vielen Dank, dass Sie uns hier empfangen. Wir sind zutiefst betroffen von dem tragischen Verlust Ihres Ehemannes, Thomas De Villeneuve. Wir hoffen, dass Sie uns einige Informationen geben können, die uns bei unseren Ermittlungen helfen."

Isabelle, eine elegante und gefasste Frau, nickte und antwortete mit fester Stimme: "Ich werde mein Bestes tun, um Ihnen zu helfen, Commissaire Dubois. Es ist schrecklich, was passiert ist, und ich möchte, dass der Täter gefunden wird."

Laurent begann die Fragen: "Können Sie uns sagen, wo Sie zur Tatzeit waren und ob Sie etwas Ungewöhnliches bemerkt haben?"

"Am Abend des Mordes waren Thomas und ich gemeinsam Essen", begann Isabelle mit einer Mischung aus Melancholie und Entschlossenheit. "Nach dem Essen trennten sich unsere Wege. Thomas wollte noch kurz in die Firma, da er dort etwas Wichtiges vergessen hatte. Ich bot ihm an, zu warten, doch er bestand darauf, dass ich nach Hause gehen sollte."

Mit behutsamer Stimme fragte Dubois: "Könnten Sie uns vielleicht ein wenig mehr über Ihre Beziehung zu Thomas erzählen? War es eine glückliche Ehe?"

Isabelle lächelte traurig und nickte. "Ja, wir führten eine äußerst glückliche Ehe. Thomas war ein liebevoller und aufmerksamer Ehemann. Stets beschäftigt, fand er dennoch Zeit für mich und unsere gemeinsamen Hobbys. Wir liebten es, Hand in Hand am Strand entlangzuwandern oder auf dem azurblauen Meer zu segeln. Viele glückliche Jahre verbrachten wir miteinander, und ich vermisse ihn schmerzlich."

Laurent, ganz in detektivischer Manier, konnte nicht umhin, eine indirekte Frage zu stellen: "Haben Sie möglicherweise etwas über Thomas' Beziehungen zu seinen Mitarbeitern oder Geschäftspartnern gehört, das für unsere Ermittlungen von Bedeutung sein könnte?"

Isabelle zögerte einen Moment, bevor sie antwortete. "Nun, ich weiß, dass Natalie, seine Assistentin, einst in ihren Unizeiten eine Romanze mit Thomas hatte. Aber das war lange vor meiner Zeit, und ich hatte nie das Gefühl, dass es zwischen ihnen noch etwas gab."

"Interessant", bemerkte Dubois und machte sich eine Notiz. "Und wie stand es um Antoine Reynard? Wie war das Verhältnis zwischen ihm und Thomas?" Isabelle runzelte die Stirn. "Antoine und Thomas verband eine komplexe Beziehung. Antoine konnte sich nur schwer damit abfinden, dass er auf Thomas' Pokerabend den Algorithmus als letzten Einsatz an Thomas verloren hatte. Das nagte an ihm, doch ich bezweifle, dass er Thomas deswegen umbringen würde."

Laurent hakte nach: "Und was ist mit Lefebvre? Wie steht sie zu Reynard?"

Isabelle seufzte. "Natalie ist ebenso zornig, doch ihre gut dotierte Position als Assistentin ermöglichte ihr ein komfortables Leben, und sie arbeitete bei Trismegistos, um Antoine zu unterstützen. Ich glaube, sie hat ihre Beziehung zu Thomas hinter sich gelassen und wollte einfach nur ein neues Leben mit Antoine beginnen."

Dubois blickte nachdenklich auf seine Notizen. "Vielen Dank, Madame Leclerc, für diese Informationen. Sie helfen uns bei unseren Ermittlungen."

Die Ermittler fragten sie, wie es sein könne, dass sie am Tatabend getrennt nach Hause gefahren waren. Hatten sie nicht mit demselben Wagen die Fahrt angetreten?

Isabelle lachte und erklärte den Ermittlern, dass es in Ramatuelle nahezu unmöglich sei, ein Auto zu besitzen. Tatsächlich hatte sie am Vormittag des Tatabends eine Verabredung am Strand mit einer Freundin gehabt, während Thomas bereits im Büro gewesen war. Sie hatten sich später im Restaurant getroffen. Nach dem Essen war sie, wie bereits erwähnt, nach Hause gegangen, während Thomas noch einmal kurz ins Büro fahren wollte.

Nachdem sie sich von Madame Leclerc verabschiedet hatten, stiegen Dubois und Laurent in ihren Wagen, um die nächsten Schritte in dem rätselhaften Fall zu besprechen.
"Marc, es erscheint, als hätten wir es hier mit einem verstrickten Netz aus Beziehungen und möglichen Motiven zu tun. Reynard hat durch das Pokerspiel enorm viel verloren, und Lefebvre ist durch ihre frühere Liebelei mit De Villeneuve verbunden. Beides sind bedeutsame Aspekte, die wir nicht aus den Augen verlieren dürfen."

Nach dieser erhellenden Unterhaltung kehrten Dubois und Laurent zurück in ihr Büro und begannen, die gesammelten Informationen zu ordnen. Sie analysierten die diversen Motive und Beziehungen der Verdächtigen und versuchten, ein Bild davon zu bekommen, wer hinter dem perfiden Mord stecken könnte.

Dubois warf plötzlich eine rhetorische Frage in den Raum, die Laurents Gedankengänge unterbrach: "Marc, was, wenn der wahre Mörder die Beziehungen und Motive der Verdächtigen geschickt ausnutzt, um den Verdacht von sich selbst abzulenken?"

Laurent sah seinen Kollegen überrascht an. "Philippe, das ist wahrlich eine faszinierende Theorie. Aber wer käme dafür in Frage?"

Dubois lächelte geheimnisvoll. "Ich vermute, wir müssen tiefer schürfen und jene Personen ins Visier nehmen, die wir bislang übersehen haben. Vielleicht verbergen sich dort die Antworten, die wir so verzweifelt suchen."

Die beiden Ermittler spürten, dass sie dem Täter auf der Spur waren, und die Spannung zwischen ihnen wuchs mit jedem Augenblick. Ihre scharfen Sinne und ihr detektivischer Instinkt würden ihnen auf der Suche nach der Wahrheit beistehen, und sie waren entschlossen, den Fall zu lösen, komme was wolle.

*

Nach einem langen Tag der Ermittlungen beschloss Commissaire Dubois, sich mit einigen Freunden zu entspannen und gemeinsam etwas zu essen. Es war spät abends, als sie sich trafen, um ins Restaurant L'Opera am Hafen von St. Tropez zu gehen. Dubois war in Begleitung von fünf engen Freunden, die sich alle darauf freuten, sich über die Ereignisse des Tages auszutauschen und die feinen Speisen des renommierten Restaurants zu genießen.

Das Restaurant L'Opera war ein wahres Juwel der Côte d'Azur. Mit seiner eleganten Architektur und dem beeindruckenden Blick auf den Hafen von St. Tropez bot es seinen Gästen ein unvergessliches Ambiente. Die warmen Farben der Abendsonne spiegelten sich auf der sanft glitzernden Wasseroberfläche des Hafens wider und tauchten die Terrasse des Restaurants in ein goldenes Licht. Die Tische waren mit feinem Porzellan und silbernen Besteck gedeckt, und die Stühle waren mit weichen Samtkissen ausgestattet, die den Gästen höchsten Komfort boten.

Das Restaurant L'Opera war weithin bekannt für seine hervorragende Küche und seinen erstklassigen Service. Die Gerichte waren eine erlesene Kombination aus traditioneller französischer Küche und modernen, innovativen Kreationen, die selbst den anspruchsvollsten Gaumen entzückten.

Die Weinkarte bot eine beeindruckende Auswahl an erlesenen Tropfen aus den besten Weinregionen Frankreichs und der ganzen Welt. Eines der berühmtesten Gerichte des L'Opera war das "Filet de Loup en Croûte de Sel", ein köstliches Wolfsbarschfilet, das in einer Salzkruste gebacken und mit einem Hauch von Trüffelöl verfeinert wurde. Dieses Gericht war so gut, dass es sogar den damaligen französischen Präsidenten begeistert hatte, der das Restaurant während eines Besuchs in St. Tropez unbedingt besuchen wollte.

Eine interessante Anekdote über das L'Opera war, dass es einmal eine geheime Speisekammer besaß, in der die wertvollsten Weine und Delikatessen vor neugierigen Blicken verborgen wurden. Es hieß, dass nur der Küchenchef und der Sommelier des Restaurants den Zugang zur geheimen Kammer kannten. Diese

Geschichte war Teil des mystischen Charmes, der das L'Opera umgab und es zu einem der begehrtesten Restaurants der Region machte.

Während Dubois und seine Freunde ihre Plätze am Tisch einnahmen, begannen sie, sich angeregt über ihren Alltag und die Ereignisse in St. Tropez auszutauschen. Ein Freund erzählte von einer extravaganten Yacht, die er im Hafen gesehen hatte, während ein anderer von einer aufregenden Kunstausstellung in einer nahegelegenen Galerie berichtete.

Die Stimmung war heiter und entspannt, und die Freunde genossen die Zeit, die sie miteinander verbrachten. Im Hintergrund spielte das Album *Latin for Lovers* von Doris Day und gab der eleganten Atmosphäre den musikalischen Anstrich, den er noch brauchte. In der Fern roch Dubois den Duft von Bergamotte und Zitrone. Er mochte Düfte. Sie waren sein Bezug zur Welt, neben der Musik. Ein Duft konnte ihn in eine melancholische oder fröhliche Laune bringen. Andersherum konnte aber auch seine Stimmung die Art und Weise beeinflussen, wie er Düfte wahrnahm. Es war eine symbiotische Beziehung, die er seit jeher faszinierend fand.

Der Kellner näherte sich dem Tisch und empfahl einige der köstlichen Gerichte des L'Opera. Er schwärmte von den sautierten Jakobsmuscheln, dem geschmorten Lamm und der Bouillabaisse, die alle von den talentierten Köchen des Restaurants zubereitet wurden. Nachdem er die Empfehlungen ausgesprochen hatte, wandte er sich an die Gäste und fragte: "Haben Sie schon eine Vorstellung davon, was Sie bestellen möchten, meine Damen und Herren?"

Dubois' Freunde begannen, ihre Entscheidungen zu

treffen. "Ich nehme die Jakobsmuscheln als Vorspeise und das geschmorte Lamm als Hauptgericht", sagte einer von ihnen.

"Und ich werde die Bouillabaisse probieren. Ich habe gehört, sie ist hier wirklich hervorragend", fügte eine andere Freundin hinzu.

Die anderen bestellten ebenfalls ihre Gerichte, und schließlich fragte der Kellner: "Und was möchten Sie, Commissaire Dubois?"

Dubois überlegte einen Moment und entschied sich dann für das Wolfsbarschfilet. "Ich werde das Filet de Loup en Croûte de Sel nehmen, bitte."

"Sehr gute Wahl, Monsieur Dubois", sagte der Kellner und fügte hinzu: "Und welchen Wein würden Sie gerne dazu trinken?"

Ein Freund von Dubois, ein passionierter Weinkenner, empfahl einen passenden Wein. "Ich denke, ein Chardonnay aus der Bourgogne wäre eine ausgezeichnete Ergänzung zum Wolfsbarsch."

Dubois stimmte dem Vorschlag zu, und der Kellner notierte die Bestellungen, bevor er sich höflich verabschiedete, um die Gerichte zuzubereiten.

Während sie auf das Essen warteten, wandte sich einer der Freunde an Dubois und fragte indirekt: "Wie laufen eigentlich die Ermittlungen, Dubois? Ich hoffe, du kommst dem Mörder näher."

Dubois zögerte einen Moment, bevor er antwortete. Er wollte nicht zu viele Details preisgeben, um den Fall nicht zu gefährden. "Es ist ein schwieriger Fall, aber wir machen Fortschritte. Wir haben mehrere Verdächtige und arbeiten daran, die Wahrheit herauszufinden."

Ein anderer Freund stellte eine rhetorische Frage: "Es ist schon erstaunlich, was in unserer kleinen Stadt passieren kann, oder?"

Dubois nickte. "Ja, das Leben hier ist manchmal überraschender, als man denkt."

Schließlich wurden die köstlichen Gerichte serviert, und die Freunde genossen ihr Essen, während sie weiterhin über verschiedene Themen plauderten. Die Stunden vergingen, und die Stimmung blieb angenehm und entspannt.

Als der Abend zu Ende ging, verabschiedeten sich Dubois und seine Freunde voneinander. Sie waren alle dankbar für die schöne Zeit, die sie miteinander verbracht hatten. Dubois machte sich auf den Weg nach Hause, seine Gedanken wanderten jedoch schon wieder zu dem rätselhaften Fall, der ihm keine Ruhe ließ.

Die Straßen von St. Tropez waren nun still und leer, nur das sanfte Plätschern des Meeres und die ferne Musik aus einem Club waren noch zu hören. Dubois atmete tief die frische Meeresluft ein und versuchte, sich auf die Ermittlungen zu konzentrieren, die vor ihm lagen.

Die Informationen, die er im Laufe des Tages gesammelt hatte, schwirrten in seinem Kopf herum, und er wusste, dass er sie sorgfältig analysieren musste, um die Wahrheit herauszufinden.

Morgen würde er sich erneut mit seinem Assistenten

Laurent treffen, um die neuen Erkenntnisse zu besprechen und den Fall weiter voranzutreiben. Er war sich sicher, dass sie, wenn sie hartnäckig genug waren und keine Spur unerforscht ließen, den Schuldigen entlarven und den Fall lösen würden.

Als Dubois endlich sein Zuhause erreichte, schloss er die Tür hinter sich und ließ den Tag Revue passieren. Er fühlte sich erschöpft, aber auch erfüllt und wusste, dass er alles in seiner Macht Stehende tun würde, um diesen Fall zu lösen. In der Stille der Nacht versprach er sich selbst, dass er nicht aufgeben würde, bis Gerechtigkeit herrschte und der Geist der Zeit, der in den letzten Worten von Thomas De Villeneuve verkörpert war, nicht mehr vergehen würde.

Mit diesem festen Entschluss legte sich Dubois schlafen, bereit, am nächsten Tag wieder mit neuer Energie und Entschlossenheit die Ermittlungen aufzunehmen und dem Mörder auf die Spur zu kommen. Für einen Commissaire an der Cote d'Azur war dies nicht nur eine Pflicht, sondern auch eine Leidenschaft - das Streben nach Wahrheit und Gerechtigkeit in einer Welt voller Rätsel und Geheimnisse.

Kapitel 3 – Der dritte Tag nach dem Mord

Dubois erwachte am nächsten Morgen, als die ersten Sonnenstrahlen durch das Fenster seiner Wohnung fielen. Der Duft von Lavendel, der von den nahegelegenen Feldern herüberwehte, erfüllte den Raum und ließ ihn tief durchatmen. Er wusste, dass es Zeit war, aufzustehen und einen neuen Tag voller Ermittlungen und Entdeckungen zu beginnen.

Nachdem er sein Bett gemacht hatte, begann Dubois mit seiner täglichen Fitnessroutine, die er stets zu Hause absolvierte. Zu den Beats von Bon Entendeur, L'Imperatrice, Montmartre und Miel de Montagne führte er verschiedene Übungen durch, die ihm halfen, seinen Körper und Geist auf den bevorstehenden Tag vorzubereiten. Diese Künstler spielten elektronische Musik mit französischen Einflüssen, die Dubois sowohl energetisch als auch nostalgisch stimmten. Zu diesen Klängen führte er Kniebeugen, Liegestütze, Dehnübungen und Bauchmuskeltraining durch, wobei er jeden Schritt präzise und konzentriert ausführte.

Nachdem er seine Fitnessübungen abgeschlossen hatte, bereitete Dubois sich einen Kaffee im Espressokocher zu, bevor er unter die Dusche stieg. Das heiße Wasser und der Duft von frischem Kaffee waren für ihn der perfekte Start in den Tag.

Nachdem er geduscht hatte, zog er sich an. Er entschied sich für eine helleblaue Jeans, ein weißes Leinenhemd und karamellfarbene Loafers. Dubois hatte einen klassisch französisch eleganten Kleidungsstil, der seine Persönlichkeit und seinen Sinn für Ästhetik widerspiegelte.

Um sein Erscheinungsbild zu vervollständigen, griff Dubois zu seinem Lieblingsparfüm: "L'Homme Élégant". Dieses Parfüm, eine exklusive Kreation eines renommierten französischen Parfümeurs, passte perfekt zu Dubois' Stil und Charisma. Die Kopfnote des Duftes entfaltet sich in einer belebenden Mischung aus sizilianischer Zitrone, Bergamotte und grünem Apfel, die ein Gefühl von Frische und Energie vermittelt. Die Herznote besteht aus einer raffinierten Kombination von Lavendel, Veilchen und Rosmarin, die dem Parfüm eine warme, aromatische Tiefe verleiht. In der Basisnote verbinden sich Sandelholz, Vetiver und Moschus zu einer eleganten, holzigen Signatur, die die zeitlose Eleganz und den erlesenen Geschmack von Dubois perfekt unterstreicht.

Mit einem Hauch dieses faszinierenden Parfüms fühlte sich Dubois selbstbewusst und bereit, den Tag und die Herausforderungen, die auf ihn warteten, zu meistern.

Anschließend fuhr Dubois ins Zentrum von St. Tropez, um im Café La Tarte Tropézienne zu frühstücken. Er bestellte ein knuspriges Croissant, einen fruchtigen Joghurt mit Beeren und eine Tarte Tropézienne, die typische Spezialität des Cafés. Dazu trank er einen Café au Lait, der ihm dabei half, sich vollends wach zu fühlen.

Während er sein Frühstück genoss, beobachtete Dubois die Menschen, die am Café vorbeiliefen. Es war für ihn immer interessant, die verschiedenen Persönlichkeiten und Schicksale zu studieren, die sich in den Straßen von St. Tropez kreuzten.

Die erste Person, die seine Aufmerksamkeit erregte, war eine junge Frau mit einem Stapel Bücher in den Armen.

Sie schien in Eile zu sein und hatte einen besorgten Ausdruck im Gesicht. Dubois vermutete, dass sie eine Studentin war, die sich auf eine wichtige Prüfung vorbereitete, und ihre Anspannung ließ ihn an seine eigene Studienzeit zurückdenken.

Der nächste Passant war ein älterer Herr, der mit seinem Dackel spazieren ging. Der Mann hatte eine aufrechte Haltung und trug eine modische Sonnenbrille. Dubois bemerkte, dass der Dackel sichtlich Mühe hatte, mit den langen Schritten seines Besitzers Schritt zu halten. Er schloss Wert auf sein Äußeres und seine Fitness legte.

Die dritte Person, die Dubois bemerkte, war ein Touristenpaar, das eifrig eine Karte studierte und sich angeregt unterhielt. Sie trugen beide bunte Sommerkleidung und hatten Kameras um den Hals hängen. Dubois konnte sich ein Schmunzeln nicht verkneifen, als er an all die Male dachte, an denen er selbst als Tourist in einer fremden Stadt nach dem Weg gesucht hatte. Er war dankbar für seinen guten Orientierungssinn und sein Talent, sich schnell in neuen Umgebungen zurechtzufinden.

*

Nachdem er sein Frühstück beendet hatte, machte sich Dubois auf den Weg zum Polizeirevier. Dort angekommen, traf er auf seinen Assistenten, Laurent, der ihm mitteilte, dass er bereits einen Termin mit Michel Dupont vereinbart hatte, dem IT-Experten bei Trismegistos Solutions.

Dubois und Laurent fuhren gemeinsam los und erreichten bald darauf das Firmengebäude von Trismegistos. Als sie das Gebäude betraten, konnten sie die moderne

Architektur und die beeindruckende Technik, die die Räumlichkeiten erfüllte, bewundern.

Dubois und Laurent saßen Michel Dupont gegenüber, doch bevor sie mit ihren Fragen begannen, entschied sich Dubois für einen etwas entspannteren Einstieg ins Gespräch. "Es ist ein beeindruckendes Gebäude, in dem Ihre Firma hier untergebracht ist, Monsieur Dupont. Die Architektur ist wirklich faszinierend", bemerkte Dubois.

"Danke, das freut mich zu hören", erwiderte Michel mit einem Lächeln. "Wir sind sehr stolz auf unsere Arbeitsumgebung."

Nachdem sie ein wenig Smalltalk betrieben hatten, führte Dubois das Gespräch behutsam auf das eigentliche Thema. "Wenn Sie nichts dagegen haben, Monsieur Dupont, würden wir Ihnen gerne ein paar Fragen stellen. Wo waren Sie zur Tatzeit?" fragte Dubois.

Michel antwortete: "Ich war am Hafen, auf meinem Boot, und hatte mit Freunden zu Abend gegessen." Dubois und Laurent tauschten besorgte Blicke aus, da der Hafen in unmittelbarer Nähe des Tatorts lag.
Laurent fragte weiter: "Können Sie uns etwas über den Algorithmus erzählen, der im Zentrum dieses Falles zu stehen scheint?"

Michel nickte und begann zu erklären: "Reynard ist der eigentliche Besitzer des Algorithmus. Er hat jahrelang parallel zum Studium Tag und Nacht daran gearbeitet. Einen Algorithmus zu entwickeln, ist keine leichte Aufgabe. Man muss ständig Fehler beheben, Verbesserungen vornehmen und sicherstellen, dass er effizient und zuverlässig ist. Es erfordert ein hohes Maß an technischem Wissen und Durchhaltevermögen."

Er fuhr fort: "Dieser spezielle Algorithmus ermöglicht es einem KI-Modell, Dinge zu tun, die man sich kaum vorstellen kann. Er erlaubt der KI, menschenähnliche Fähigkeiten zu entwickeln, wie zum Beispiel kreatives Denken, Empathie und sogar künstlerische Fertigkeiten. Es gibt KI-Modelle, die in der Lage sind, komplexe Probleme zu lösen, die bisher nur von Menschen gelöst werden konnten. Diese KI-Modelle können auch menschliche Emotionen analysieren und darauf reagieren, was in der Vergangenheit undenkbar gewesen wäre."

Michel seufzte und sagte dann: "Natalie war wütend auf Thomas, weil er den Algorithmus unrechtmäßig erworben hatte. Ich habe sie bei mehreren Gelegenheiten zornig auf Thomas reagieren sehen. Zum Beispiel bei Team-Meetings, bei denen sie seine Entscheidungen offen infrage stellte und ihm vorwarf, dass er Antoine betrogen hatte."

Dubois hakte nach: "Und was ist mit Isabelle, Thomas' Ehefrau? Können Sie uns dazu etwas sagen?"

Michel antwortete: "Nun, Isabelle hat ihre Anteile an Trismegistos verpfändet und ist pleite. Sie lebte normalerweise von den Dividenden ihrer Anteile, aber sie musste sie an Jean-Paul Moreau verpfänden, weil sie sich an der Börse verspekuliert hatte. Sie hatten vor Jahren eine Affäre. Thomas hat das vor einigen Wochen herausgefunden und daraufhin jegliche Unterstützung für sie gestrichen."

Laurent fragte: "Können Sie uns mehr über die Beziehung zwischen Isabelle und Jean-Paul erzählen?"

Michel nickte: "Isabelle war in ihrer Ehe mit Thomas unglücklich, weil sie sich vernachlässigt fühlte. Er war so sehr auf seine Firma fixiert, dass er keine Zeit für sie hatte. Moreau hingegen entführte sie oft am Wochenende, und sie verbrachten ihre Zeit zusammen. Als Thomas das herausfand, war er außer sich vor Wut. Er drohte sogar mehrmals, Moreau etwas anzutun, aber Moreau fand die Drohungen eher belustigend und nahm sie nicht ernst."

Dubois lehnte sich zurück: "Und wie hat sich das Verhältnis zwischen Natalie, Antoine und Thomas entwickelt, nachdem die Wahrheit ans Licht kam?"

Michel zögerte einen Moment und antwortete dann: "Es war offensichtlich, dass Natalie und Antoien ein starkes Band hatten, und sie war extrem wütend auf Thomas. Aber sie blieb bei Trismegistos, weil sie als Assistentin gut bezahlt wurde und sie aus Liebe zu Antoine arbeitete. Er hingegen war immer noch schlecht auf Thomas' Pokerabend zu sprechen, bei dem er den Algorithmus an Thomas verloren hatte. Er konnte nicht verstehen, wie Thomas den Algorithmus als Einsatz akzeptieren konnte, und war der Meinung, dass das ungerecht war."

Laurent überlegte kurz: "Was hätte Thomas denn tun sollen, um den Algorithmus zurückzugeben und die Situation zu bereinigen?"

Michel schüttelte den Kopf: "Ich denke, Thomas hätte den Algorithmus an Antoine zurückgeben und sich bei ihm entschuldigen sollen. Aber Thomas war ein stolzer Mann, und ich bezweifle, dass er das jemals in Betracht gezogen hätte."

Dubois und Laurent tauschten Blicke aus und nickten

zustimmend. Es schien, als ob sie eine Menge Informationen gesammelt hatten, die ihnen bei der Aufklärung des Falls helfen könnten. Sie bedankten sich bei Michel Dupont für das aufschlussreiche Gespräch und verabschiedeten sich von ihm.

*

Dubois und Laurent kehrten ins Polizeirevier zurück, um Kollegen und Kolleginnen über den aktuellen Stand der Ermittlungen zu informieren. Sie vereinbarten ein Meeting im Besprechungsraum, und bald waren alle anwesend, einschließlich Sébastien Moreau.

Dubois ergriff das Wort und begann den Fall zu schildern: "Wie ihr wisst, untersuchen wir den Mord an Thomas de Villeneuve. Wir haben mehrere Personen identifiziert, die möglicherweise ein Motiv für die Tat haben könnten. Ich werde euch nun über unsere Erkenntnisse informieren."

Er wandte sich zunächst Lefebvre zu: "Natalie Lefebvre war eine ehemalige Geliebte von Thomas aus der Universitätszeit und ist seine aktuelle Assistentin. Sie war wütend auf Thomas, da er unrechtmäßig den Algorithmus besaß, den Antoine Reynard entwickelt hatte. Lefebvre arbeitete nur aus Liebe zu Reynard bei Trismegistos Solutions und wurde gut bezahlt. Ihre Wut auf Thomas wurde bei mehreren Anlässen deutlich, auch bei Team-Meetings."

Laurent fügte hinzu: "Reynard, der Geschäftsführer von Trismegistos Solutions, war der eigentliche Besitzer des Algorithmus. Er hatte jahrelang daran gearbeitet und diesen schließlich bei einem Pokerspiel an Thomas verloren. Reynard war daraufhin regelmäßig schlecht auf Thomas zu sprechen und fühlte sich von ihm betrogen."

Dubois sprach weiter über Pierre Bouchard: "Pierre Bouchard war der Sicherheitsbeauftragte von Thomas de Villeneuve. Er hat uns selbst berichtet, dass er am Abend des Mordes im Büro war. Wir konnten jedoch keine direkten Beweise finden, die ihn als Täter überführen könnten. Dennoch sollten wir ihn im Auge behalten."

Schließlich fokussierte Dubois sich auf Michel Dupont: "Michel Dupont ist der IT-Experte bei Trismegistos Solutions. Er hat uns mitgeteilt, dass er während der Tatzeit am Hafen war und mit Freunden gegessen hat. Der Hafen ist jedoch in unmittelbarer Nähe des Tatorts, was uns stutzig macht. Dupont warnte uns außerdem, dass Lefebvre wütend auf Thomas war und Isabelle Leclerc, Thomas' Ehefrau, pleite ist und ihre Anteile an der Firma verpfändet hat. Madame Leclerc hatte eine Affäre mit Moreau, einem Konkurrenten von Thomas. Diese Informationen könnten für unsere Ermittlungen von Bedeutung sein."

*

Die Kollegen und Kolleginnen hörten aufmerksam zu und stellten Fragen, um mehr über die Verdächtigen und deren Motive zu erfahren.

"Eine Frage, Dubois", begann der Préfet. "Was genau hat es mit diesem Algorithmus auf sich? Warum ist er so wertvoll, dass Lefebvre und Reynard so wütend auf Thomas waren?"

Dubois erklärte: "Der Algorithmus, den Reynard entwickelt hat, ermöglicht es künstlichen Intelligenz-Modellen, bisher unvorstellbare Dinge zu tun. Er beschleunigt und optimiert Lernprozesse und kann

enorme Datenmengen verarbeiten, um präzise Vorhersagen und Analysen zu treffen.
Dieser Algorithmus hätte das Potenzial, die Zukunft der Künstlichen Intelligenz zu revolutionieren und eine enorme wirtschaftliche Bedeutung zu haben."

Monsieur Bernard nickte und fragte weiter: "Haben wir irgendeine Idee, warum Thomas so scharf darauf war, den Algorithmus in seinen Besitz zu bekommen, trotz der Tatsache, dass er Reynard betrogen hat?"

Laurent antwortete: "Wir glauben Monsieur le Préfet, dass Thomas die finanziellen und wissenschaftlichen Möglichkeiten erkannt hat, die der Algorithmus bietet. Er wollte die Kontrolle über den Algorithmus haben, um seine Firma Trismegistos Solutions zum Marktführer in der KI-Branche zu machen. Sein Ehrgeiz und seine Skrupellosigkeit könnten sein Motiv gewesen sein, Reynard zu betrügen und Lefebvre gegen sich aufzubringen."

Die Kolleginnen und Kollegen diskutierten über die verschiedenen Verdächtigen und ihre möglichen Motive. Einige warfen auch Fragen auf, die über das bereits Gesagte hinausgingen.

"Warum", fragte eine Kollegin, "glaubt ihr, dass De Villeneuve bereit war, seine Beziehung zu Lefebvre und seine Ehe mit Leclerc aufs Spiel zu setzen, nur um diesen Algorithmus zu bekommen?"

Dubois überlegte einen Moment, bevor er antwortete: "Es scheint, dass De Villeneuve Ehrgeiz und seine Obsession mit dem Erfolg seiner Firma seine persönlichen Beziehungen überschatteten. Er war offenbar bereit, alles zu tun, um an die Spitze zu gelangen, selbst wenn das bedeutete, die Menschen, die ihm nahestanden, zu verletzen."

Laurent fügte hinzu: "Auch Leclerc, seine Ehefrau, fühlte sich vernachlässigt und suchte Trost in einer Affäre mit Moreau. Als De Villeneuve davon erfuhr, entzog er ihr seine finanzielle Unterstützung. Dies zeigt, dass De Villeneuves Hauptpriorität seine Firma und der Algorithmus war, und nicht das Wohlergehen seiner Familie."

Eine andere Kollegin warf ein: "Gibt es noch andere Personen, die wir im Zusammenhang mit diesem Fall betrachten sollten? Jemand, der bisher unerwähnt geblieben ist?"

Dubois und Laurent schauten sich an und nickten zustimmend. "Ja", sagte Dubois, "wir sollten auch Moreau genauer untersuchen. Er hatte eine Affäre mit Leclerc und wusste möglicherweise von dem Algorithmus. Es könnte sein, dass er ebenfalls ein Motiv hatte, De Villeneuve aus dem Weg zu räumen."

Die Diskussion ging weiter, als die Ermittler versuchten, die vielen Fäden dieses komplexen Falles zu entwirren. Sie stellten Hypothesen auf und spielten verschiedene Szenarien durch, in denen die Verdächtigen möglicherweise die Tat begangen haben könnten.

Am Ende des Meetings waren sich alle einig, dass sie noch mehr Informationen benötigten, um den Fall aufzuklären. Dubois schlug vor: "Wir sollten die verschiedenen Personen, die wir bisher identifiziert haben, noch einmal befragen und versuchen, weitere Informationen zu erhalten. Vielleicht können wir so einige Widersprüche aufdecken oder neue Hinweise finden, die uns näher an die Lösung des Falles bringen."

Laurent stimmte zu und fügte hinzu: "Wir sollten auch den Hafen untersuchen, da Michel Dupont dort zur Tatzeit gewesen sein soll. Vielleicht gibt es dort Zeugen oder Beweise, die uns weiterhelfen."

*

Die Ermittler verließen den Besprechungsraum. Dubois und Laurent hatten Hunger und wussten nicht, wo sie essen sollten. Sie fragten eine Kollegin. Clarice war die Assistentin vom Préfet und war eine ausgezeichnete Gourmetkennerin.

„Clarice, willst du mit uns heute Essen gehen?" fragen Laurent.

Clarice drehte sich vom Schreibtisch um und sagte: „Nach all den Infos, die ihr uns jetzt gegeben habt, brauche ich wirklich eine Pause, um einen klaren Kopf zu bekommen."

Dubois fragt: „Hast du eine Idee, wo wir am besten heute Essen können? Du bist doch unsere Restaurantführerin." Dubois lächelte und der Satz erzielte den gewünschten Effekt.

„Wenn nicht ich: Wer dann?" sagte Clarice, stand auf, schloss den Bildschirm ihres Laptops, nahm ihre Capucines Tasche von Louis Vuitton, packte ihr Handy ein, setzte ihren Hut auf und lief los. Dubois und Laurent folgten ihr.

Clarice Fontaine, die unverzichtbare Assistentin von Sébastien Bernard, dem Préfet von St. Tropez, war eine

Frau, deren Anwesenheit niemandem entging. Sie besaß einen messerscharfen Verstand, der in schwierigen Situationen oft den Unterschied ausmachte. Ihre humorvolle Art ließ sie selbst in den angespanntesten Momenten einen Funken Leichtigkeit verbreiten, und ihre Kollegen schätzten sie dafür.

Clarice war nicht nur klug, sondern auch ein wahres Organisationstalent. Sie jonglierte problemlos mehrere Aufgaben gleichzeitig und behielt dabei stets den Überblick. Es schien fast so, als ob die Fähigkeit, Ordnung in das Chaos zu bringen, ihr angeboren war. Mit ihrer ruhigen und methodischen Arbeitsweise sorgte sie dafür, dass das Büro von Sébastien Bernard immer reibungslos funktionierte.

Ihr Geschmackssinn war ebenso erlesen wie ihr Organisationstalent, und sie war als Gourmetkennerin bekannt. Clarice liebte gutes Essen und hatte ein bemerkenswertes Gespür dafür, welche Weine zu welchen Gerichten passten. Ihre Freunde schätzten ihre Empfehlungen, und auch ihre Kollegen profitierten von ihrem Wissen. Bei Firmenveranstaltungen oder Geschäftsessen war Clarice stets in der Lage, die besten Menüs zusammenzustellen, die den Gaumen jedes Gastes erfreuten.

Aber es war nicht nur ihre Intelligenz und ihre Fähigkeiten, die Clarice hervorstechen ließen. Sie war eine wunderschöne Frau, deren Anmut und Schönheit die Blicke auf sich zogen. Ihre eleganten und charmanten Gesichtszüge verliehen ihr eine zeitlose Schönheit, die ihresgleichen suchte. Sie hatte eine seltene Ausstrahlung, die sowohl Männer als auch Frauen in ihren Bann zog. Ihre Schönheit war jedoch nie aufdringlich oder überheblich, sondern immer von einer gewissen

Bescheidenheit geprägt.

Trotz ihrer beeindruckenden Erscheinung war Clarice Fontaine stets bodenständig und bescheiden. Sie war sich ihrer Talente und ihres guten Aussehens bewusst, doch sie ließ sich nie von Eitelkeiten oder Arroganz leiten. Stattdessen konzentrierte sie sich auf ihre Arbeit und widmete sich mit voller Hingabe den Aufgaben, die ihr als Assistentin von Sébastien Bernard anvertraut wurden.

Nachdem sie ihre Ermittlungen für den Tag abgeschlossen hatten, beschlossen Dubois, Laurent und Clarice, den Abend gemeinsam in einem guten Restaurant ausklingen zu lassen.
Sie verließen das Polizeirevier und gingen zu dem eleganten Cabriolet von Clarice, das vor dem Gebäude geparkt war. Dubois konnte nicht umhin, den gepflegten Zustand und die geschmeidigen Linien des Fahrzeugs zu bewundern, während Laurent die Tür für Clarice aufhielt. Sie stiegen alle ein, und Clarice startete den Motor.

"Wir fahren zu einem wunderbaren Restaurant namens 'Le Jardin Enchanté'", sagte Clarice, als sie das Cabriolet in Bewegung setzte. "Es liegt etwas außerhalb von St. Tropez, aber es ist die Fahrt wert."

Dubois und Laurent warfen sich neugierige Blicke zu und fragten fast gleichzeitig: "Was macht dieses Restaurant so besonders, Clarice?"

Mit einem Lächeln begann Clarice zu erzählen: "Das Besondere an 'Le Jardin Enchanté' ist die Kombination aus exzellenter Küche und der atemberaubenden Lage. Der Küchenchef ist für seine innovative und köstliche Interpretation der provenzalischen Küche bekannt. Ich würde euch besonders die Bouillabaisse empfehlen, das ist einfach himmlisch. Und dazu ein Glas des hauseigenen Roséweins – ihr werdet begeistert sein!"

Die Fahrt führte sie durch die malerische Landschaft der Provence, vorbei an weiten Feldern, die in der Abendsonne golden leuchteten, und entlang von duftenden Lavendelfeldern, deren betörender Duft durch das offene Verdeck wehte. Die schroffen Hügel und die sanften Weinberge bildeten einen reizvollen Kontrast zur azurblauen Küste St. Tropez'.

Während sie die beeindruckende Aussicht genossen, unterhielten sich die drei angeregt über ihre liebsten Gerichte und Anekdoten aus ihrer Zeit bei der Polizei. Clarice erzählte von einem Fall, bei dem sie nur aufgrund einer Bemerkung über den Geschmack einer bestimmten Zutat in einem Gericht den entscheidenden Hinweis erhalten hatten. Diese Geschichte unterstrich noch einmal, wie wichtig ihre Gourmetkenntnisse für ihre Arbeit waren.

Das Wetter war herrlich, und ein leichter Wind wehte durch das offene Cabriolet, während sie der untergehenden Sonne entgegenfuhren. Langsam verwandelte sich der Himmel in ein Farbspektakel aus Orange, Rosa und Violett, das sich in den sanften Wellen des Mittelmeers spiegelte.

Als sie sich dem Restaurant näherten, bemerkte Dubois einen wunderschönen, von Bäumen gesäumten Weg, der zur Einfahrt von "Le Jardin Enchanté" führte. Clarice bog auf den Weg ein und fuhr langsam am dichten Grün vorbei, das die letzten Sonnenstrahlen des Tages einfing.

Das Restaurant selbst war ein charmantes Landhaus aus dem 18. Jahrhundert, das von einem üppigen Garten umgeben war, in dem farbenfrohe Blumen und duftende Kräuter in Hülle und Fülle wuchsen. Schon von weitem konnten sie den Duft von frisch zubereiteten Speisen und Gewürzen wahrnehmen, der ihnen das Wasser im Mund zusammenlaufen ließ.

Sie stiegen aus dem Cabriolet, und Clarice führte ihre Kollegen zu einem Tisch auf der Terrasse, von der aus sie einen atemberaubenden Blick auf die umliegende Landschaft hatten. Die sanften Hügel und Weinberge erstreckten sich bis zum Horizont, und die Farben des Sonnenuntergangs schienen die Szenerie noch magischer zu machen.

Nachdem sie sich gesetzt hatten, studierten Dubois und Laurent die Speisekarte, während Clarice ihnen einige ihrer Lieblingsgerichte empfahl. "Die Jakobsmuscheln mit schwarzem Trüffel sind ein Traum", schwärmte sie. "Und der gegrillte Wolfsbarsch ist unglaublich zart und schmackhaft. Aber natürlich solltet ihr auch die Bouillabaisse probieren, von der ich euch bereits erzählt habe."

Die drei bestellten ihre Gerichte und ließen sich auf Clarices Empfehlung hin eine Flasche des hauseigenen Roséweins bringen. Während sie auf das Essen warteten, genossen sie die angenehme Atmosphäre des Restaurants und tauschten Geschichten aus ihrem Leben und ihrer Arbeit aus. Dubois und Laurent fanden es faszinierend, wie viel Wissen Clarice über die Feinheiten der Gastronomie besaß, und sie stellten ihr viele Fragen zu diesem Thema.

Dubois fragte neugierig: "Clarice, wie unterscheidet man einen guten von einem weniger guten Trüffel?"
Clarice lächelte und antwortete mit Leichtigkeit: "Ein

hochwertiger Trüffel hat einen intensiven, erdigen Geruch und eine feste Konsistenz. Die Farbe und das Aroma variieren je nach Art, aber generell sollte ein Trüffel frisch und unbeschädigt sein."

Laurent hakte nach: "Und was macht eine wirklich gute Sauce Hollandaise aus?"
Clarice erklärte: "Eine perfekte Sauce Hollandaise sollte cremig und glatt sein, mit einer ausgewogenen Mischung aus Butter, Eigelb, Zitronensaft und einer Prise Salz. Die Konsistenz ist entscheidend: sie sollte weder zu dünn noch zu dick sein."

Dubois war beeindruckt und fragte weiter: "Gibt es einen Geheimtipp, um das perfekte Soufflé zuzubereiten?"
Clarice nickte und verriet: "Das Geheimnis eines guten Soufflés liegt in der sorgfältigen Trennung der Eier und dem präzisen Schlagen der Eiweiße. Die Eiweiße sollten steif, aber nicht zu trocken geschlagen werden, und die Masse muss vorsichtig unter die Eigelbmischung gehoben werden, um die Luftigkeit zu bewahren."

Laurent und Dubois waren beeindruckt von Clarices Wissen und der Leichtigkeit, mit der sie ihre Fragen beantwortete.

Schließlich wurden ihre Gerichte serviert, und sie waren alle von den köstlichen Aromen und der Präsentation der Speisen begeistert. Sie genossen jeden Bissen und ließen sich von Clarice in die Welt der provenzalischen Küche entführen. Als sie zum Nachtisch eine Auswahl an feinsten Käsesorten und frischen Früchten teilten, waren sie sich einig, dass "Le Jardin Enchanté" wirklich ein besonderes Restaurant war.

Als der Abend sich dem Ende zuneigte und der Himmel

sich in tiefes Blau verwandelte, waren Dubois, Laurent und Clarice von der Magie dieses Ortes und der wunderbaren Zeit, die sie miteinander verbracht hatten, verzaubert. Sie beschlossen, dass sie diesen besonderen Abend in Erinnerung behalten würden und sich bald wieder für ein gemeinsames Essen treffen wollten.

Mit vollen Bäuchen und glücklichen Herzen verabschiedeten sie sich von "Le Jardin Enchanté" und fuhren zurück nach St. Tropez, bereit für die Herausforderungen, die ihre Arbeit am nächsten Tag für sie bereithalten würde. Doch für diesen Abend hatten sie die Sorgen und die Mühen des Polizeialltags hinter sich gelassen und eine unvergessliche Erfahrung geteilt.

Auf der Rückfahrt unterhielten sie sich angeregt über die hervorragenden Speisen und den außergewöhnlichen Service des Restaurants. Clarice erklärte, dass der Küchenchef von "Le Jardin Enchanté" aus einer langen Reihe von Köchen stamme, die ihr Handwerk in der Provence perfektioniert hätten. Dieses Wissen und die Leidenschaft für das kulinarische Erbe der Region spiegelten sich in jedem Gericht wider.

Der Wind spielte in ihren Haaren, während sie durch die nächtliche Landschaft fuhren. Die Sterne funkelten am Himmel und warfen ihr silbriges Licht auf die sanften Hügel und Weinberge, die sie auf dem Hinweg so beeindruckt hatten. Dubois und Laurent waren froh, diesen Abend mit Clarice verbracht zu haben, die ihnen nicht nur eine neue gastronomische Erfahrung, sondern auch eine tiefe Freundschaft geboten hatte.

Als sie schließlich wieder in St. Tropez ankamen, war die Stadt in ein sanftes, nächtliches Licht getaucht. Sie parkten das Cabriolet vor dem Polizeirevier und verabschiedeten sich voneinander, bevor sie sich auf den Weg nach Hause machten.

"Danke, Clarice, für diesen wundervollen Abend", sagte Dubois, während er ihr die Hand schüttelte. "Es war eine Freude, dich besser kennenzulernen und die erstaunliche Küche von 'Le Jardin Enchanté' zu erleben."

Laurent stimmte ihm zu und fügte hinzu: "Es war ein unvergesslicher Abend, und ich freue mich schon auf das nächste Mal, wenn wir zusammen essen gehen. Dein Wissen über die feine Küche und die besten Restaurants in der Gegend ist wirklich beeindruckend."

Clarice lächelte und antwortete: "Es war mir eine Freude, diesen Abend mit euch zu teilen. Ich hoffe, dass wir bald wieder die Gelegenheit haben werden, gemeinsam die Gaumenfreuden der Provence zu erkunden."

Mit diesen Worten trennten sie sich und machten sich auf den Weg nach Hause, jeder in seine eigene Richtung. Sie gingen mit dem Wissen auseinander, dass sie nicht nur als Kollegen, sondern auch als Freunde gewachsen waren. Sie hatten eine besondere Verbindung durch ihre gemeinsame Leidenschaft für gutes Essen und die Schönheit der Provence geschaffen, die sie auch in Zukunft verbinden würde.

Kapitel 4 – Der vierte Tag nach dem Mord

Commissaire Dubois erwachte am nächsten Morgen in seiner Wohnung und spürte sofort, dass sich etwas verändert hatte. Die Atmosphäre war düster und schwer, und als er die Vorhänge zurückzog, bot sich ihm ein seltenes Schauspiel. Der Himmel über St. Tropez war tiefdunkel, und die Wolken hatten sich zu einer bedrohlichen Masse zusammengeschlossen, die das sonst so strahlende Sonnenlicht verschluckte.

Kaum hatte er sich der Szenerie gewahr werden können, da zuckten schon Blitze über den Himmel, gefolgt von dem drohenden Grollen des Donners. Es war, als hätte die Natur selbst eine sinistre Wendung genommen, um den Ermittlern zu zeigen, dass selbst in diesem Paradies nicht alles so friedlich war, wie es schien. Der Sturm wütete und ließ den Regen in wilden Böen gegen die Fensterscheiben prasseln, während der Wind mit den Palmen draußen vor dem Haus spielte.

Dubois spürte eine Gänsehaut auf seinem Rücken und zog sich einen Sweater über. Er zog die Kapuze über den Kopf, um sich vor der Kälte zu schützen, die durch die Wohnung kroch. Er schaltete seine Playlist ein und das erste Lied, das erklang, war "Le Coeur" von Thievery Corporation. Die melancholischen Klänge der elektronischen Musik, untermalt von einer sanften weiblichen Stimme, die über Liebe und Sehnsucht sang, schienen perfekt zur aktuellen Stimmung zu passen. Die Melodie war hypnotisierend, und die gefühlvollen Texte ließen den Hörer in eine Welt der Emotionen eintauchen.

Während er der Musik lauschte, bereitete Dubois sich einen Café au Lait zu und beobachtete das Gewitter durch das bodentiefe Küchenfenster. Die Naturgewalten draußen schienen seine Gedanken über den Fall und die Ermittlungen widerzuspiegeln - ein aufziehendes Unheil, das jedem Moment seinen dramatischen Höhepunkt erreichen könnte.

Als sein Café fertig war, nahm er die dampfende Tasse in die Hand und setzte sich auf seinen Lounge Chair. Er beobachtete die Szenerie, fasziniert von der Schönheit und dem Schrecken, den das Gewitter in St. Tropez entfesselte. Inmitten der Dunkelheit und des Sturms verlor er sich in seinen Gedanken, fest entschlossen, das Rätsel zu lösen und das Gleichgewicht in dieser von Unruhe heimgesuchten Welt wiederherzustellen.

Während er das Gewitter beobachtete, schweiften Dubois' Gedanken zu seiner geliebten Frau Marie. Sie hatte Gewitter immer sehr geschätzt, da sie die unermessliche Macht Gottes auf eindrucksvolle Weise offenbarten. Erinnerungen an glücklichere Zeiten mit ihr stiegen in ihm auf, und es schmerzte ihn zutiefst, dass sie nicht mehr bei ihm war. Ihre Kleider hingen noch im Schrank, und ihre Schallplattensammlung stand unangetastet im Regal. Oft lauschte er ihrer Musik und wurde von Nostalgie und Sehnsucht erfüllt.

Dubois bedauerte zutiefst, dass er seinen Fall vor vier Jahren hatte sein Privatleben so dominieren lassen. Er hätte nie zulassen dürfen, dass seine Arbeit ihn von Marie entfremdete und ihr gemeinsames Leben zerstörte. Doch es war geschehen, und es war seine Schuld.

Das Gewitter schien die dunklen Gedanken und die Melancholie, die ihn erfüllten, widerzuspiegeln. Obwohl er wusste, dass er die Vergangenheit nicht ändern konnte, nahm er sich fest vor, in Zukunft einen besseren Weg zu finden, um Beruf und Privatleben in Einklang zu bringen. Inmitten des Sturms fand er den Entschluss, weiterzumachen und die Geister der Vergangenheit ruhen zu lassen – nicht nur um die Gerechtigkeit für die Opfer zu suchen, sondern auch, um sich selbst zu erlösen.

Dubois entschied, dass es an der Zeit war, sich auf den kommenden Tag vorzubereiten. Er ging ins Badezimmer und nahm eine warme Dusche, um seinen Körper und Geist zu beleben. Als er aus der Dusche trat und einen Blick aus dem Fenster warf, traute er seinen Augen kaum: Von dem heftigen Gewitter waren nur noch kleinste, süße Zuckerwatte-Wölkchen übriggeblieben.

Gleich einer Filmszene aus "Der König der Löwen", in der der kleine Simba von der strahlenden Sonne angestrahlt wird, brach die Sonne durch die verbleibenden Wolken und begann, die Natur, die Luft und Dubois' Wohnung mit ihrer Wärme zu erfüllen. Die plötzliche Veränderung des Wetters schien ein gutes Omen zu sein und versinnbildlichte den Wandel in Dubois' Gedanken – ein Zeichen dafür, dass er bereit war, die Vergangenheit hinter sich zu lassen und sich mit neuer Energie und Zuversicht den Herausforderungen des Tages zu stellen.

Dubois setzte sich in seinen eleganten, silberfarbenen Citroën DS und fuhr in Richtung St. Tropez. Die Umgebung wirkte nach dem Gewitter wie verwandelt: Die Luft war erfrischend kühl und angenehm feucht, während die Düfte von nasser Erde und frischen Blumen durch das offene Fenster drangen. Die Landschaft erstrahlte in sattem Grün, und die Tropfen auf den Blättern glitzerten im Sonnenlicht wie funkelnde Diamanten.

Dubois erreichte St. Tropez und steuerte direkt das charmante Café "Le Fournil" an. Er nahm an einem Tisch auf der Terrasse Platz und bestellte ein typisch französisches Frühstück: ein knuspriges Croissant, ein Baguette mit Butter und Marmelade, frisch gepressten Orangensaft und einen dampfenden Café au Lait.

Während er sein Frühstück genoss, schweiften seine Gedanken zu seinem letzten Urlaub an der malerischen Amalfiküste. Die steilen Klippen, die terrassenförmig angelegten Zitronenhaine und die pastellfarbenen Häuser, die sich an die Hügel schmiegten, machten diese Küste zu einem unvergesslichen Erlebnis. Gemeinsam mit seinen Freunden hatte er die charmanten Städtchen Positano und Ravello erkundet, eine Bootstour entlang der Küste unternommen und die prächtige Villa Rufolo besichtigt.

Besonders genossen hatten sie die italienische Küche. Sie hatten sich an köstlichen Gerichten wie Spaghetti alle Vongole, Risotto al Limone und frischem Fisch vom Grill gelabt. Dazu hatten sie den berühmten Limoncello, einen süßen Zitronenlikör aus der Region, und lokale Weine wie Falanghina und Fiano getrunken. Die Erinnerungen an die wunderbare Zeit an der Amalfiküste zauberten ein Lächeln auf Dubois' Gesicht, bevor er sich wieder auf den bevorstehenden Tag konzentrierte.

*

Dubois erreichte das Kommissariat und wurde sogleich von seinem Kollegen Laurent begrüßt. Zusammen gingen sie in ihr Büro, um die nächsten Schritte ihrer Ermittlungen zu besprechen. Sie warfen einen Blick auf ihre Liste der Personen, die sie befragen wollten, und ihr Augenmerk fiel auf den Geliebten von Isabelle Leclerc,

Jean-Paul Moreau.

"Vielleicht sollten wir als Nächstes mit Jean-Paul Moreau sprechen", schlug Dubois vor. "Er könnte uns vielleicht mehr über Isabelle Leclercs Verhalten am Tatabend erzählen und ob sie ein Motiv für die Tat gehabt haben könnte."

Laurent nickte zustimmend. "Gute Idee. Lass uns ihn anrufen und herausfinden, ob er bereit ist, mit uns zu sprechen."

Laurent wählte Moreaus Nummer, und nach einigen Klingeltönen hob der Verdächtige ab. "Hallo, hier ist Moreau. Wie kann ich Ihnen helfen?"

"Bonjour, Monsieur Moreau", begann Dubois höflich. "Mein Name ist Commissaire Dubois, und dies ist mein Kollege Inspektor Laurent. Wir würden gerne einige Fragen bezüglich des Mordfalls stellen, an dem wir arbeiten. Könnten wir uns mit Ihnen in Ihrem Anwesen treffen?"

Moreau zögerte einen Moment und antwortete dann: "Natürlich, Inspektoren. Ich werde Ihnen gerne bei Ihren Ermittlungen behilflich sein. Kommen Sie einfach vorbei, sobald es Ihnen passt."

Dubois und Laurent machten sich auf den Weg zu Jean-Paul Moreaus luxuriösem Anwesen, das sich in der Nähe von Ramatuelle befand. Die Fahrt führte sie entlang der spektakulären Küste, die von schroffen Klippen und steilen Hängen geprägt war. Die smaragdgrünen Buchten und malerischen Fischerdörfer, die von der schimmernden Sonne geküsst wurden, bildeten einen unwiderstehlichen Kontrast zum tiefblauen Mittelmeer.

Die Straße, auf der sie fuhren, schlängelte sich entlang der Steilküste, sodass ihnen immer wieder beeindruckende Panoramen geboten wurden. Die schäumenden Wellen des Mittelmeers brachen sich am Ufer und schickten dabei eine Gischt aus leuchtenden Wassertropfen in die Luft. Die Sonne, die hoch am Himmel stand, ließ die Tropfen wie funkelnde Diamanten glitzern.

Schließlich erreichten sie eine von Zypressen gesäumte Straße, die zu Moreaus Anwesen führte. Die schmale Straße führte sie auf eine sanfte Anhöhe hinauf, von der aus sie einen atemberaubenden Blick auf das Meer und die umliegenden Weinberge und Olivenhaine hatten. Die warmen Farben der Landschaft verschmolzen nahtlos mit dem azurblauen Himmel und schufen eine Szenerie, die wie aus einem impressionistischen Gemälde entsprungen schien.

Die Schönheit der Umgebung ließ Dubois und Laurent innehalten und die Magie dieses Ortes auf sich wirken. Es war, als hätten sie einen kleinen Teil des Paradieses entdeckt, der sie augenblicklich in seinen Bann zog. In diesem Moment verstanden sie, warum Moreau dieses Fleckchen Erde zu seinem Zuhause auserkoren hatte.

Als sie schließlich das Anwesen erreichten, waren sie beeindruckt von dem prächtigen Anblick, der sich ihnen bot. Moreaus Villa war ein eindrucksvolles Gebäude im mediterranen Stil, das auf einer Anhöhe thronte und von üppigen Gärten umgeben war. Die weißen Mauern des Hauses schimmerten im Sonnenlicht und bildeten einen reizvollen Kontrast zu den tiefblauen Fensterläden und den roten Ziegeldächern. Eine große Terrasse erstreckte sich über die gesamte Länge der Villa und bot einen spektakulären Blick auf das Meer.

Dubois und Laurent parkten ihr Auto und wurden sogleich von einem Bediensteten in Livree begrüßt, der sie zum Eingang der Villa führte. "Willkommen, Commissaire Dubois, Willkommen, Inspecteur Laurent.", sagte der Mann höflich. "Monsieur Moreau erwartet Sie bereits. Bitte folgen Sie mir."

Sie betraten das prachtvolle Gebäude und wurden von einem opulenten Interieur empfangen, das von teuren Antiquitäten, wertvollen Kunstwerken und edlen Stoffen geprägt war. Der Marmorboden unter ihren Füßen verlieh der Villa eine kühle und elegante Atmosphäre, während die hohen Decken und die großen Fenster für ein Gefühl von Weite sorgten. Die prächtige Treppe in der Eingangshalle war ein architektonisches Meisterwerk und führte zu den oberen Etagen des Anwesens.

Der Bedienstete führte Dubois und Laurent durch mehrere prunkvolle Räume, die von der Liebe Moreaus zur Kunst und zur Architektur zeugten. Schließlich erreichten sie ein großes Arbeitszimmer, das von einem antiken Schreibtisch dominiert wurde und in dem Wände voller Bücher standen. Der Raum war von natürlichem Licht durchflutet und bot einen herrlichen Blick auf den Garten und das Meer.

Moreau, ein Mann in seinen Fünfzigern mit silbergrauem Haar und scharfen Gesichtszügen, erhob sich von seinem Schreibtisch, als die beiden Ermittler eintraten. Er war groß gewachsen und trug eine teure Seidenweste und eine Krawatte, die seinen Wohlstand und seinen guten Geschmack unterstrichen.

"Inspektoren", begrüßte er sie mit einem Lächeln, "es

freut mich, Sie in meinem Heim willkommen zu heißen. Bitte setzen Sie sich, und lassen Sie uns über diesen unglücklichen Vorfall sprechen, der Ihnen Sorgen bereitet."

Während Dubois und Laurent Moreau weiterhin befragten, kamen sie auf das Thema seiner geschäftlichen Aktivitäten zu sprechen. Moreau erzählte ihnen, dass er der Inhaber von Medusa Mind Solutions war, einem Unternehmen, das sich auf die Entwicklung von KI-Programmen spezialisiert hatte, um Lösungen für verschiedenste Unternehmen anzubieten.

"Sehen Sie, Inspektoren", sagte Moreau, "die Welt der Künstlichen Intelligenz ist komplex und faszinierend. Wir bei Medusa Mind Solutions arbeiten daran, Algorithmen zu entwickeln, die Unternehmen dabei helfen, ihre Probleme effizienter und schneller zu lösen."

Dubois und Laurent hörten interessiert zu, während Moreau von seiner beruflichen Laufbahn und seinen Ambitionen sprach. Sie erfuhren auch, dass Moreau einst gute Freunde mit De Villeneuve und Reynard gewesen war, den beiden Männern, die im Zentrum ihrer Ermittlungen standen.

"Wir haben zusammen studiert, wissen Sie", erzählte Moreau. "Wir waren ein Trio von brillanten Köpfen, die sich auf KI und Algorithmen spezialisiert hatten. Ich hatte sogar meinen eigenen Algorithmus entwickelt, von dem ich glaubte, dass er das Potenzial hatte, die Branche zu revolutionieren."

"Und was ist aus diesem Algorithmus geworden?", fragte Laurent.

"Nun, ich hatte vorgeschlagen, dass wir alle zusammenarbeiten und ein gemeinsames Unternehmen gründen sollten", antwortete Moreau. "Aber als Thomas den Algorithmus von Antoine in die Hände bekam, änderten sich die Dinge. Er war von Antoines Werk so beeindruckt, dass er beschloss, sein eigenes Unternehmen zu gründen und mich außen vor zu lassen."

Laurent warf Dubois einen vielsagenden Blick, bevor er fortfuhr: "Und Reynard? Warum hat er sich De Villeneuves Unternehmen angeschlossen?"

Moreau seufzte und antwortete: "Antoine hatte keine andere Wahl, als mit Thomas zusammenzuarbeiten. Er war der einzige, der genau verstand, wie der Algorithmus funktionierte. Thomas wusste das und machte sich diese Tatsache zunutze."

Dubois lehnte sich in seinem Sessel zurück und fragte: "Wie haben Sie sich gefühlt, als De Villeneuve und Reynard ohne Sie erfolgreich wurden, Monsieur Moreau?"

Moreau zögerte einen Moment, bevor er antwortete: "Ich wäre ein Lügner, wenn ich sagte, dass es mich nicht verletzt hat. Ich hatte das Gefühl, betrogen worden zu sein – von meinen engsten Freunden, die mir den Erfolg, den ich verdiente, vorenthalten hatten. Aber ich ließ mich nicht entmutigen und gründete mein eigenes Unternehmen, Medusa Mind Solutions."

Laurent sah Moreau aufmerksam an und fragte: "Haben Sie sich jemals an De Villeneuve oder Reynard gerächt? Haben Sie ihnen jemals den Erfolg neidisch gegönnt?"

"Ich bin nur ein Mensch, Inspektor Laurent", erwiderte Moreau. "Natürlich hatte ich meine Momente, in denen ich mich nach Rache sehnte und neidisch auf ihren Erfolg war. Aber ich habe nie etwas getan, um ihnen zu schaden. Stattdessen habe ich meine Energie darauf verwendet, mein eigenes Unternehmen erfolgreich zu machen und meinen eigenen Weg in der Welt der Künstlichen Intelligenz zu gehen."

Dubois und Laurent tauschten Blicke aus, die verrieten, dass sie noch immer misstrauisch gegenüber Moreaus Geschichte waren.

"Monsieur Moreau, wir müssen Sie darauf hinweisen, dass Ihre Aussage von entscheidender Bedeutung für unsere Ermittlungen ist", sagte Dubois. "Wir hoffen, dass Sie uns die ganze Wahrheit erzählen."

Moreau nickte ernst und antwortete: "Ich verstehe, Inspektoren. Ich versichere Ihnen, dass ich Ihnen nichts verschwiegen habe. Ich habe kein Interesse daran, Informationen zurückzuhalten oder meine ehemaligen Freunde zu schützen. Ich möchte genauso wie Sie die Wahrheit herausfinden."

Die Inspektoren verabschiedeten sich von Moreau und verließen sein Heim, um die nächsten Schritte ihrer Ermittlung zu besprechen. Während sie in ihrem Auto saßen, blickte Laurent nachdenklich aus dem Fenster.

"Was denkst du, Dubois?", fragte er. "Glaubst du, dass Moreau uns die ganze Wahrheit erzählt hat?"

Dubois zögerte, bevor er antwortete: "Ich bin mir nicht sicher, Laurent. Etwas an seiner Geschichte erscheint mir noch immer seltsam. Aber wir haben im Moment keine Beweise, die seine Schuld belegen. Wir müssen weiter ermitteln und mehr Informationen sammeln, bevor wir zu einer Entscheidung kommen können."

Laurent stimmte zu und startete den Motor. Während sie sich auf den Weg zu ihrem nächsten Ziel machten, waren sie sich einig, dass ihre Arbeit noch lange nicht vorbei war. Die Geheimnisse hinter dem rätselhaften Fall von De Villeneuve, Reynard und Moreau würden noch einige Zeit in Anspruch nehmen, um gelüftet zu werden.

*

Dubois und Laurent saßen im "Le Glacier de Saint-Tropez", einem charmanten Café in der Altstadt von Saint-Tropez. Die Sonne schien warm auf ihre Gesichter, während sie an einem kleinen Tisch vor dem Café saßen und ihr Frühstück genossen. Dubois hatte sich für einen Croissant und einen Café au Lait entschieden, während Laurent ein herzhaftes Omelett mit Schinken und Käse sowie einen frischen Orangensaft bestellt hatte.

"Was halten Sie von dem, was Moreau uns über Madame Leclercs finanzielle Schwierigkeiten erzählt hat?", fragte Laurent, als er sein Omelett in kleine Stücke schnitt.

Dubois nahm einen Schluck von seinem Kaffee und zögerte einen Moment, bevor er antwortete: "Es ist definitiv überraschend. Diese Informationen werfen ein ganz neues Licht auf die Situation."

"Ja, es ist schwer zu sagen, was Madame Leclerc in ihrer Verzweiflung getan haben könnte. Vielleicht war sie zu allem bereit, um sich aus dieser Lage zu befreien", meinte Laurent.

Während sie sprachen, beobachteten sie eine ältere Dame, die am Café vorbeiging. Sie trug ein elegantes langes Kleid mit einem auffälligen Blumenmuster und einen großen Sonnenhut. Ihre Haltung war aufrecht, und sie bewegte sich mit einer Anmut, die ihre Jahre widersprach.

"Glauben Sie, dass Madame Leclerc in der Lage gewesen wäre, De Villeneuve zu ermorden?", fragte Dubois, während er weiterhin die vorbeigehende Frau beobachtete.

"Ich möchte nicht vorschnell urteilen", antwortete Laurent, "aber sie hatte zumindest ein Motiv. Sie hatte Schulden, und ihre Ehe mit De Villeneuve war am Ende. Vielleicht war das der letzte Strohhalm, der sie dazu brachte, sich an ihm zu rächen."

"Und die Tatsache, dass sie ihre Aktien an Moreau verpfändet hat, ist auch interessant", fügte Dubois hinzu. "Das könnte bedeuten, dass Moreau ebenfalls ein Motiv hatte, De Villeneuve loszuwerden."

Laurent nahm einen Schluck von seinem Orangensaft und nickte bedächtig. "Ja, das könnte sein. Aber wir dürfen nicht vergessen, dass Moreau uns freiwillig diese Informationen gegeben hat. Würde ein Mörder wirklich so offen über seine möglichen Motive sprechen?"

Dubois zog die Augenbrauen hoch. "Vielleicht ist das genau das, was er will. Vielleicht versucht er, uns in die Irre zu führen. Oder vielleicht ist er einfach zu selbstsicher und glaubt, dass wir ihm sowieso nichts nachweisen können."

Die beiden Inspektoren saßen schweigend da und ließen die neuen Informationen auf sich wirken. Die Sonne schien immer wärmer, und das geschäftige Treiben der

Stadt nahm zu, während die Menschen ihren Tag begannen.

"Wir sollten uns auf jeden Fall näher mit Madame Leclerc und Moreau befassen", sagte Laurent schließlich. "Wir müssen herausfinden, ob sie wirklich in der Lage waren, diese Morde zu begehen, und ob sie ein Alibi für die Tatzeiten haben."

Dubois stimmte zu. "Ja, das sollten wir. Außerdem müssen wir uns auch weiterhin die anderen Verdächtigen ansehen. Wir sollten keine voreiligen Schlüsse ziehen und alle Möglichkeiten in Betracht ziehen."

Die beiden Inspektoren aßen in aller Ruhe den Rest ihres Frühstücks, während sie die Menschen beobachteten, die an ihnen vorbeigingen. Sie wussten, dass sie noch viel Arbeit vor sich hatten, um diesen Fall aufzuklären, und dass sie jeden Stein umdrehen mussten, um die Wahrheit ans Licht zu bringen.

Nachdem sie ihre Mahlzeit beendet hatten, standen Dubois und Laurent auf und machten sich auf den Weg zurück zum Polizeirevier.

*

Die warme Sonne und die lebhaften Farben von Saint-Tropez bildeten einen scharfen Kontrast zu der düsteren Realität, die sie in ihrer Arbeit als Ermittler konfrontierten. Doch gerade diese Schönheit erinnerte sie daran, warum es so wichtig war, Gerechtigkeit für die Opfer und ihre Familien zu suchen – um das Paradies, in dem sie lebten, zu bewahren.

Dubois und Laurent näherten sich dem prächtigen

Anwesen von Madame Leclerc. Sie waren entschlossen, sie mit den Fakten zu konfrontieren, die sie von Moreau gelernt hatten. Ohne Vorankündigung klingelten sie an der Tür des Herrenhauses. Zu ihrer Überraschung öffnete Leclerc ihnen persönlich die Tür und ließ sie eintreten.

"Inspektor Dubois, Inspektor Laurent, ich habe nicht erwartet, Sie heute zu sehen", sagte Isabelle mit sichtlicher Anspannung in der Stimme.

"Madame Leclerc, wir haben weitere Informationen gesammelt und möchten mit Ihnen darüber sprechen", erklärte Dubois.

Sie führte die beiden Inspektoren in ein elegantes Wohnzimmer und bat sie, Platz zu nehmen. Laurent begann das Gespräch und versuchte, eine vertrauensvolle Atmosphäre zu schaffen.

"Madame Leclerc, wir haben erfahren, dass Sie an der Börse Geld verloren haben und deshalb Ihre Anteile an Trismegistos an Moreau verpfändet haben."

Isabelle errötete leicht und gestand ein: "Ja, das ist wahr. Aber ich hatte keine andere Wahl. Mein Mann, Thomas, wollte mir nicht helfen."

Dubois fügte hinzu: "Wir haben auch gehört, dass De Villeneuve Ihnen das Treuhandkonto weggenommen hat und Sie dadurch mittellos zurückgelassen hat."

Isabelle nickte, Tränen standen in ihren Augen. "Das stimmt. Aber ich schwöre, dass ich nichts mit seinem Tod zu tun habe."

Laurent fragte nach: "Und was ist mit Ihrem Vater? Hat

er Ihnen nicht geholfen?"

Isabelle lächelte traurig. "Mein Vater ist der Nachkomme eines berühmten Barons und hat genug Geld. Aber er hat mich seit meiner Heirat mit Thomas finanziell abgeschnitten."

Dubois fragte: "Wissen Sie, warum Ihr Ehemann getötet wurde? Hatte jemand Grund, ihm Schaden zuzufügen?"

Isabelle zögerte einen Moment, bevor sie antwortete: "Antoine hatte Grund genug, Thomas zu töten. Thomas hatte die Kontrolle über das Unternehmen und den Algorithmus, den Antoine geschrieben hatte. Ohne ihn hätte Antoine wieder die Kontrolle erlangt."

Laurent runzelte die Stirn. "Aber warum sollte Reynard das tun, wenn er sowieso eng mit ihrem Ehemann zusammenarbeitete?"

"Antoine war neidisch auf Thomas' Erfolg", erklärte Isabelle. "Er hat immer das Gefühl gehabt, dass er derjenige sein sollte, der Trismegistos führt."

Dubois fragte: "Glauben Sie, dass Lefebvre oder Bouchard etwas damit zu tun haben könnten?"

Isabelle antwortete: "Natalie war immer sehr loyal zu Antoine. Sie hätte alles für ihn getan. Und Pierre war ihm ebenso ergeben. Es wäre nicht überraschend, wenn einer von ihnen die Tat begangen hätte, um Antoine zu helfen."

Die beiden Inspektoren tauschten besorgte Blicke aus, spürten die Schwere der Situation und wussten, dass sie vorsichtig vorgehen mussten. "Wir werden diese neuen Informationen in unsere Ermittlungen einfließen lassen", versprach Dubois.

Laurent stand auf und ging zur Tür. "Wir danken Ihnen für Ihre Offenheit, Madame Leclerc. Wir werden alles tun, um den Mörder Ihres Mannes zu finden."

Isabelle nickte und begleitete die beiden Inspektoren zur Tür. "Ich hoffe, dass Sie die Wahrheit herausfinden und Thomas' Mörder zur Rechenschaft ziehen können. Vielen Dank für Ihre Bemühungen."

Mit diesen Worten verabschiedeten sich Dubois und Laurent von Madame Leclerc und verließen das Anwesen. Während sie zurück zu ihrem Fahrzeug gingen, spürten sie, wie das Gewicht der neuen Informationen ihre Gedanken beschwerte. Es war klar, dass die Ermittlungen in De Villeneuve Mordfall weitaus komplexer waren, als sie zunächst angenommen hatten.

Wieder im Auto, fuhren die beiden Inspektoren los und begannen, die neuen Informationen zu verarbeiten.

Sie mussten sorgfältig prüfen, welche Rolle Reynard, Lefebvre und Bouchard in dieser Geschichte spielten. Die Wahrheit lag wahrscheinlich irgendwo in der Mitte, versteckt hinter einem Netz aus Lügen, Intrigen und persönlichen Verbindungen.

*

Dubois betrat das Restaurant "Le Girelier" in St. Tropez, wo er sich mit seinen engsten Freunden zum Abendessen verabredet hatte. Es war ein wunderbarer Ort, um abzuschalten und sich von den Belastungen der Ermittlungen zu erholen. Im Inneren erwarteten ihn bereits seine guten Freunde, Jean-Luc, Frédéric und

Claire.

"Ah, Antoine! Da bist du ja endlich! Komm, setz dich!", begrüßte ihn Jean-Luc fröhlich, während er einen Stuhl für ihn zurückschob. Dubois nahm Platz und bestellte ein Glas Wein. Die Atmosphäre war lebhaft, und die Gespräche flossen wie der Wein in ihren Gläsern.

"Also, Antoine, wie geht es deinen Ermittlungen?", fragte Frédéric neugierig. "Darf ich fragen, was aktuell in St. Tropez vor sich geht?"

Dubois lächelte und antwortete: "Nun, es gibt ein paar interessante Ereignisse, die die Stadt in Atem halten. Zum einen gibt es die Vorbereitungen für das jährliche Filmfestival. Es sind viele bekannte Schauspieler und Regisseure hier, und die Veranstalter haben wirklich alles gegeben, um eine spektakuläre Show auf die Beine zu stellen."

"Oh, das klingt aufregend!", meinte Claire. "Ich liebe es, all die Schauspieler und Regisseure zu sehen und die neuesten Filme zu entdecken. Gibt es noch andere Ereignisse, die die Stadt beschäftigen?"

"Ja, tatsächlich", fuhr Dubois fort. "Es gibt auch ein großes Segelrennen, das in wenigen Tagen stattfindet. Viele Yachten und Segelboote sind bereits im Hafen eingetroffen, und die Crews bereiten sich auf das Rennen vor."

"Das erinnert mich an das Segelrennen vor ein paar Jahren", sagte Jean-Luc. "Weißt du noch, wie das Wetter so schlecht wurde, dass einige der Boote fast gesunken wären? Gott sei Dank ist dieses Mal die Wettervorhersage viel besser."

"Apropos Wetter", warf Frédéric ein, "ich habe gehört, dass wir in diesem Jahr einen besonders heißen Sommer erwarten können. Die Tourismusbranche freut sich sicherlich darüber."

Claire nickte zustimmend und fügte hinzu: "Ja, das stimmt. Ich habe kürzlich einen Artikel gelesen, der besagt, dass viele Geschäfte in St. Tropez ihre Umsätze steigern konnten, weil so viele Touristen hierher kommen. Aber gleichzeitig gibt es auch Bedenken wegen der Umwelt und der Überlastung der Infrastruktur."

Dubois schmunzelte und meinte: "Ja, das ist der Fluch und Segen des Tourismus. Die Wirtschaft profitiert, aber gleichzeitig sind da die Herausforderungen, denen wir uns stellen müssen."

"Und wie steht es um das kulturelle Leben in St. Tropez?", fragte Frédéric. "Gibt es interessante Ausstellungen oder Veranstaltungen, die wir besuchen sollten?"

"Oh, definitiv!", antwortete Dubois begeistert. "Es gibt eine faszinierende Ausstellung im Museum von St. Tropez über die Geschichte der Stadt und ihre Beziehung zum Meer. Es wird auch die Rolle der Künstler, die hier gelebt und gearbeitet haben, beleuchtet. Ich kann sie euch wirklich ans Herz legen."

"Das klingt großartig", sagte Claire. "Ich bin immer interessiert an der Geschichte unserer Stadt. Wir sollten uns das gemeinsam ansehen."

"Und vergesst nicht die Konzerte im Park", fügte Jean-Luc hinzu. "Sie finden das ganze Jahr über statt, aber im Sommer gibt es eine besondere Reihe von Open-Air-

Konzerten, bei denen lokale und internationale Musiker auftreten. Ein perfekter Ort, um einen warmen Sommerabend zu genießen."

"Das klingt wunderbar", stimmte Frédéric zu. "Ich liebe es, im Freien Musik zu hören und die Atmosphäre zu genießen."

Die Freunde verbrachten den restlichen Abend in angeregten Gesprächen über die Ereignisse in St. Tropez, tauschten Geschichten und Erinnerungen aus und genossen die köstlichen Speisen des "Le Girelier". Es war eine willkommene Ablenkung für Dubois, der seine Gedanken von den Ermittlungen ablenken konnte und sich auf die Freuden des Lebens konzentrierte.

*

Dubois' Handy klingelte abrupt und störte die angenehme Atmosphäre am Tisch. Er entschuldigte sich bei seinen Freunden und nahm den Anruf entgegen. Es war Laurent, der mit einer dringenden Nachricht aufwartete. "Dubois, Lefebvre hat gerade das Polizeirevier kontaktiert. Es gab einen Angriff auf sie und Reynard. Du solltest sofort zu ihrer Wohnung kommen."

Dubois' Miene verfinsterte sich, und er beeilte sich, sich von seinen Freunden zu verabschieden. "Es tut mir leid, aber ich muss sofort los. Es gibt einen dringenden Fall, den ich bearbeiten muss." Ohne weitere Erklärungen eilte Dubois hinaus und fuhr zur Wohnung von Lefebvre und Reynard.

Als er ankam, fand er Laurent und einige Polizisten vor, die das Gebiet sicherten. Lefebvre und Reynard waren sichtlich aufgewühlt und versuchten, der Polizei zu erklären, was passiert war. Dubois trat an sie heran und fragte besorgt: "Können Sie mir genau erzählen, was passiert ist?"

Lefebvre, noch immer zitternd vor Angst, antwortete: "Wir waren zu Hause und haben zu Mittag gegessen. Plötzlich hörten wir ein Klopfen an der Tür. Antoine ging zur Tür und öffnete sie. Eine vermummte Gestalt schlug die Tür in diesem Augenblick auf und stürmte auf Antoine zu. Er warf ihn zu Boden, und ich eilte ihm sofort zu Hilfe."

Reynard fügte hinzu: "Ich versuchte, mich gegen den Angreifer zu wehren, aber er war zu stark. Natalie fiel ebenfalls zu Boden, als sie versuchte, mir zu helfen. Als wir beide anfingen zu schreien, flüchtete der Täter."

Dubois fragte weiter: "Haben Sie irgendeine Idee, wer dieser Täter sein könnte? Haben Sie etwas gesehen, das Ihnen einen Hinweis geben könnte?"

Lefebvre schüttelte den Kopf. "Es ging alles so schnell, und der Täter war vermummt. Wir können uns nicht vorstellen, wer uns so etwas antun würde."

Dubois wandte sich an Laurent. "Was ist der Stand der Ermittlungen? Gibt es irgendwelche Spuren des Täters?"

Laurent seufzte. "Wir haben die Umgebung abgesucht, aber bisher konnten wir keine Spur des Täters finden. Es scheint, als hätte er seine Flucht gut geplant."

Dubois überlegte einen Moment und sagte dann entschlossen: "Wir müssen sofort weitere Schritte einleiten, um Lefebvre und Reynard zu schützen. Es ist offensichtlich, dass sie in Gefahr sind. Ich werde einige Beamte abstellen, um ihre Wohnung rund um die Uhr zu bewachen."

Laurent stimmte zu und begann, die Anweisungen an die Polizei weiterzugeben. Währenddessen wandte sich Dubois wieder an Reynard und Lefebvre. "Haben Sie in letzter Zeit irgendwelche Drohungen oder verdächtige Aktivitäten bemerkt? Jemand, der Ihnen möglicherweise folgt oder Sie beobachtet?"

Reynard überlegte einen Moment und antwortete: "Nein, Monsieur Dubois, nichts dergleichen. Alles schien normal zu sein. Wir können uns nicht vorstellen, wer uns so etwas antun würde."

Dubois nickte. "In Ordnung, wir werden alles tun, um herauszufinden, wer hinter diesem Anschlag steckt. In der Zwischenzeit ist es wichtig, dass Sie vorsichtig sind und uns sofort informieren, wenn Ihnen noch etwas Verdächtiges auffällt."

Madame Lefebvre und Monsieur Reynard dankten Dubois und Laurent für ihre Hilfe und versprachen, vorsichtig zu sein.

Als Dubois und Laurent die Wohnung verließen, diskutierten sie ihre nächsten Schritte. "Wir müssen alle Möglichkeiten in Betracht ziehen", sagte Dubois. "Das Motiv könnte mit der Ermordung von Leclerc zusammenhängen, oder es könnte etwas ganz anderes sein. Wir sollten unsere bisherigen Verdächtigen noch einmal überprüfen und sehen, ob wir irgendwelche Verbindungen zu diesem Anschlag finden können."

Laurent stimmte zu. "Ja, wir müssen auch die Überwachung der Personen erhöhen, die wir bereits im Visier haben. Wer auch immer das getan hat, ist entschlossen und gefährlich."

*

Dubois, Laurent und Bernard saßen im Polizeirevier und diskutierten intensiv über die verschiedenen Verdächtigen, die sie bisher vernommen hatten. Dabei versuchten sie, die möglichen Motive und Ziele derjenigen herauszuarbeiten, die in Frage kamen.

"Was ist mit Pierre Bouchard?", fragte Dubois, während er seinen Kaffee unruhig umrührte. "Wir wissen, dass er den Verlust des Algorithmus beim Pokerspiel für unfair hielt und glaubt, dass das Unternehmen eigentlich Reynard hätte gehören sollen."

Laurent lehnte sich nachdenklich zurück. "Ja, das stimmt", erwiderte er. "Aber wäre es nicht absurd, wenn er Lefebvre und Reynard angreifen würde? Vielleicht verfolgt er ein anderes Ziel und möchte mit Isabelle gemeinsame Sache machen, damit das Unternehmen nicht von Reynard übernommen wird."

Bernard nickte und strich sich über das Kinn. "Das ist eine Möglichkeit, aber wir sollten auch Leclerc in Betracht ziehen. Könnte sie herausgefunden haben, dass Reynard vorhat, mit Lefebvre die Firma komplett zu übernehmen und sie als die gesetzliche Erbin der Anteile von Thomas herauszudrängen?"

Dubois ließ seinen Löffel frustriert auf den Tisch fallen und rieb sich die Schläfen. "Verdammt! Es gibt so viele Verdächtige, und wir kommen einfach nicht weiter! Es ist zum Verrücktwerden!"

Laurent legte beruhigend seine Hand auf Dubois'

Schulter. "Hey, Dubois, wir verstehen, dass dieser Fall dich sehr in Anspruch nimmt. Aber wir sind ein Team, und wir werden das gemeinsam schaffen. Lass uns ruhig und systematisch vorgehen."

Bernard fügte hinzu: "Laurent hat recht. Lass uns weiterhin jeden Verdächtigen analysieren und nach Beweisen suchen. Wir werden herausfinden, wer hinter dem Angriff auf Lefebvre und Reynard steckt."

Die drei Männer verbrachten den Rest des Tages damit, alle möglichen Beweise und Zeugenaussagen zu analysieren, um einen Schritt näher an die Wahrheit zu kommen. Sie erstellten eine Liste von Fragen, die sie den Verdächtigen stellen wollten, um Lücken in deren Geschichten zu finden und die Wahrheit ans Licht zu bringen. Dabei achteten sie darauf, ihre Untersuchungsmethoden genau zu beschreiben und sich gegenseitig zu unterstützen.

Am Ende des Tages verließen Dubois, Laurent und Bernard das Polizeirevier, um sich auszuruhen und am nächsten Tag mit neuer Energie an den Fall heranzugehen. Dubois war dankbar für die Unterstützung und das Verständnis seiner Kollegen und wusste, dass sie gemeinsam den Fall lösen würden.

Kapitel 5 – Der fünfte Tag nach dem Mord

Dubois erwachte am nächsten Morgen, als die ersten Sonnenstrahlen durch das Fenster seines Schlafzimmers fielen. Der Himmel war klar und strahlend blau, ein Zeichen für einen perfekten Tag an der französischen Riviera. Die frische, leichte Brise, die durch das offene Fenster wehte, brachte den verführerischen Duft von Orangenblüten aus dem Garten mit sich. Dubois atmete tief ein, und der Duft erinnerte ihn an seine Kindheit, als er mit seinen Geschwistern im Garten seiner Eltern spielte. Dieses Gefühl von Glück und Unbeschwertheit erfüllte ihn, und er wusste, dass es ein guter Tag werden würde.

Nachdem er sich aus dem Bett geschwungen hatte, beschloss Dubois, den Tag mit einem Lauf zum Strand zu beginnen, der nur zwei Kilometer von seinem Haus entfernt lag. Er schlüpfte in seine Laufschuhe und machte sich auf den Weg, die warmen Sonnenstrahlen auf seiner Haut genießend. Am Strand angekommen, schwamm er eine Runde im erfrischenden Meer, bevor er zurücklief, um sich für den Tag fertigzumachen.

Zurück in seinem Haus, zog sich Dubois an. Er entschied sich für eine weiße Leinenhose und ein dunkelblaues Hemd, die ihm einen eleganten, aber dennoch legeren Look verliehen. Dazu trug er passende Sportschuhe, die sowohl bequem als auch modisch waren. Dubois warf einen letzten Blick in den Spiegel, zufrieden mit seinem Outfit und bereit, sich den Herausforderungen des Tages zu stellen.

Dubois' nächstes Ziel war das "Le Petit Bar" in St. Tropez, ein charmantes kleines Café, das für seine köstlichen französischen Gebäcke und Kaffee berühmt war. Das Café lag in einer malerischen Gasse, umgeben von bunten Blumenkästen und schmiedeeisernen Tischen und Stühlen. Der Klang von Gelächter und angeregten Unterhaltungen erfüllte die Luft, während die Gäste ihren Kaffee und Croissants in der warmen Morgensonne genossen.

"Le Petit Bar" war nicht nur für seine exzellenten kulinarischen Köstlichkeiten bekannt, sondern auch für die entspannte und freundliche Atmosphäre. Es war der Ort, an dem Einheimische und Touristen gleichermaßen zusammenkamen, um den Alltag hinter sich zu lassen und das Leben in vollen Zügen zu genießen.

Eine interessante Anekdote über das Café war die Geschichte von Madame Roseline, einer älteren Dame, die seit über 30 Jahren Stammgast im "Le Petit Bar" war. Jeden Morgen kam sie mit ihrem kleinen Hund Fifi ins Café, um ihren Lieblingscappuccino und ein frisches Croissant zu genießen. Eines Tages bemerkte der Cafébesitzer, dass Madame Roseline sehr traurig aussah. Als er sie fragte, was los sei, erzählte sie ihm, dass ihr geliebter Fifi verstorben war und sie nun sehr einsam sei.

Der Cafébesitzer war sehr berührt von Madame Roselines Geschichte, und er beschloss, ihr einen neuen Hund zu schenken. Einige Tage später überraschte er sie mit einem kleinen, flauschigen Welpen, den sie sofort ins Herz schloss. Seitdem kommt Madame Roseline jeden Tag mit ihrem neuen Hündchen, Gigi, ins Café, und ihr Lachen und ihre Freude sind wieder zurückgekehrt. Diese Geschichte hatte sich unter den Gästen herumgesprochen, und sie trug zur besonderen Atmosphäre des "Le Petit Bar" bei.

Dubois betrat das Café und wurde sofort von dem vertrauten Duft von frisch gebackenen Croissants und starkem Kaffee begrüßt. Er nahm an einem der schmiedeeisernen Tische Platz und bestellte ein typisch französisches Frühstück - ein knuspriges Croissant, frisches Baguette mit Butter und Marmelade, und natürlich einen starken, schwarzen Kaffee.

Während er sein Frühstück genoss, ließ Dubois seine Gedanken in die Vergangenheit schweifen. Das "Le Petit Bar" erinnerte ihn an seine Kindheit in St. Tropez, als er mit seinen Eltern und Geschwistern samstags ins Dorf ging. Sie besuchten immer das gleiche Café, das damals noch "Chez Maman" hieß. Dort aßen sie frische Croissants und tranken heiße Schokolade, während sie die vorbeiziehenden Menschen beobachteten und die Geschichten der Dorfbewohner lauschten.

Diese glücklichen Erinnerungen ließen Dubois' Herz erwärmen, und er konnte nicht anders, als ein zufriedenes Lächeln aufzusetzen. Er wusste, dass er in St. Tropez zu Hause war, und die vertrauten Gerüche, Klänge und Geschmäcker des "Le Petit Bar" bestätigten dieses Gefühl.

Nachdem er sein Frühstück beendet hatte, lehnte sich Dubois zurück und genoss den Moment der Ruhe, bevor er sich wieder den Herausforderungen des Tages und dem Fall, der noch ungelöst war, stellen würde. Er war dankbar für diese kleine Oase der Ruhe und Entspannung, und er wusste, dass das "Le Petit Bar" ihm stets die nötige Energie und Inspiration geben würde, um weiterzumachen und die Wahrheit ans Licht zu bringen.

Schließlich verließ Dubois das Café und machte sich auf den Weg zum Polizeirevier.

*

Dubois und Laurent beschlossen, Pierre Bouchard in seinem Anwesen in der Nähe von Ramatuelle, einem kleinen Dorf unweit von Saint-Tropez, zu besuchen. Die Fahrt dorthin führte sie entlang der malerischen Küstenstraße, vorbei an den malerischen Weinbergen und Olivenhainen der Provence.

Während der Fahrt tauschten sie Gedanken über Bouchards mögliche Motive und seine Loyalität zu Reynard aus.

"Was denkst du, Commissaire, könnte Bouchard wirklich hinter dem Angriff auf Lefebvre und Reynard stecken?" fragte Laurent.

"Es ist schwer zu sagen, Laurent. Wir können niemanden voreilig verurteilen. Aber seine Loyalität zu Reynard ist sicherlich bemerkenswert", antwortete Dubois.

"Ja, das stimmt. Aber könnte es nicht auch sein, dass er nur ein loyaler Freund ist, der das Beste für Reynard will?", meinte Laurent nachdenklich.

"Das ist durchaus möglich", erwiderte Dubois. "Aber wir sollten alle Möglichkeiten in Betracht ziehen, bevor wir vorschnelle Schlüsse ziehen."

Die beiden fuhren schweigend weiter, während sie die atemberaubende Landschaft genossen und in Gedanken versunken waren.

Als sie schließlich Bouchards Anwesen erreichten, staunten sie nicht schlecht über die wunderschöne kleine

Villa direkt am Meer. Das Haus war in der traditionellen provenzalischen Architektur gehalten, mit hellen, cremefarbenen Wänden, dunklen Holzbalken und einem terrakottafarbenen Dach. Das Anwesen hatte eine lange Geschichte und war einst im Besitz eines reichen Pariser Kaufmanns gewesen, der es als Sommerresidenz nutzte. Später wurde es von einer berühmten Schauspielerin gekauft, die es liebevoll restaurierte, bevor es schließlich in die Hände von Pierre Bouchard gelangte.

Die Aussicht auf das Meer war atemberaubend. Das azurblaue Wasser schimmerte in der Sonne, während sich weiße Schaumkronen auf den sanften Wellen bildeten. In der Ferne waren Segelboote und Yachten zu erkennen, die auf dem Wasser tänzelten.

Bouchard führte Dubois und Laurent in den prächtigen Garten, der von Palmen, Zypressen und duftenden Lavendelsträuchern eingerahmt war. Oleanderbüsche in leuchtenden Farben und Bougainvillea rankten sich an den Wänden der Villa empor. Bienen und Schmetterlinge schwirrten von Blüte zu Blüte, während sich Eidechsen in der Sonne aalten. Der Garten bot eine Vielzahl von liebevoll arrangierten Sitzgelegenheiten, von denen viele den atemberaubenden Blick auf das Meer ermöglichten.

Dubois und Laurent ließen sich auf einer gemütlichen Gartenbank nieder, um ihre Befragung von Pierre Bouchard zu beginnen. Während sie dort saßen, umgeben von der idyllischen Schönheit des Gartens und der sanften Meeresbrise, fiel es ihnen schwer, sich auf den düsteren Grund ihres Besuchs zu konzentrieren.

Dubois und Laurent begannen ihre Befragung und fragten Bouchard zunächst, wo er während des Angriffs auf

Lefebvre und Reynard gewesen war. Bouchard erzählte ihnen, dass er an diesem Abend in einem exklusiven Restaurant im nahegelegenen Cannes zu Abend gegessen hatte. Er hatte ein Geschäftstreffen mit einem potenziellen Investor für eine seiner Geschäftsideen. Das Treffen war gut verlaufen, und anschließend hatte er sich noch mit ein paar Freunden auf einen Drink in einer Bar getroffen.

Dubois und Laurent hörten aufmerksam zu, während Bouchard seine Geschichte erzählte. Doch sie waren nicht völlig überzeugt und wollten mehr Details. Sie begannen, ein intensives Kreuzverhör zu führen und bohrten tiefer nach. Sie fragten Bouchard nach den Namen der Personen, mit denen er sich getroffen hatte, und ob jemand seine Geschichte bestätigen könne.

Dubois und Laurent wechselten einen entschlossenen Blick, bevor sie ihre Befragung intensivierten. Sie wollten sichergehen, dass Bouchards Geschichte wasserdicht war, bevor sie ihm glaubten.

Dubois begann: "Monsieur Bouchard, können Sie uns bitte die Namen der Personen nennen, mit denen Sie sich im Restaurant getroffen haben?"

Bouchard zögerte einen Moment und antwortete: "Natürlich, Commissaire. Ich habe mich mit Jean-Pierre Natalie und Marie-Claire Dufresne getroffen."

Laurent griff sofort ein: "Und diese Personen können Ihre Anwesenheit in dem Restaurant bestätigen? Gibt es Zeugen, wie Kellner oder andere Gäste, die Sie dort gesehen haben?"

"Nun, ich denke schon", erwiderte Bouchard. "Der

Kellner, der uns bedient hat, müsste sich sicherlich an uns erinnern. Und es gab ein paar andere Gäste, die uns gesehen haben könnten."

Dubois bohrte weiter: "Wie lange waren Sie im Restaurant, Monsieur Bouchard? Können Sie uns die genaue Uhrzeit nennen, zu der Sie das Restaurant verlassen haben?"

Bouchard schien unsicher und antwortete: "Ähm, ich glaube, wir sind gegen 22 Uhr gegangen. Ja, das müsste hinkommen."

Laurent hakte nach: "Und was ist mit der Bar, in der Sie sich anschließend mit Ihren Freunden getroffen haben? Wo genau befindet sich diese Bar und wie lange waren Sie dort?"

Bouchard antwortete: "Die Bar heißt 'Le Rendez-Vous' und liegt in der Nähe des Hafens von Cannes. Ich war dort etwa eine Stunde, von 22:30 Uhr bis 23:30 Uhr."

Dubois war unerbittlich: "Können Sie uns die Namen Ihrer Freunde nennen, die Sie in der Bar getroffen haben? Und können sie bestätigen, dass Sie tatsächlich dort waren?"

Bouchard schwitzte nun sichtlich und antwortete: "Ja, ich habe mich dort mit Dubois Martin und Isabelle Moreau getroffen. Sie können bestätigen, dass ich dort war."

Laurent warf einen scharfen Blick auf Bouchard und sagte: "Monsieur Bouchard, es ist äußerst wichtig, dass wir Ihre Geschichte verifizieren können. Falls sich herausstellt, dass Sie uns die Unwahrheit sagen, werden die Konsequenzen gravierend sein. Sind Sie sich dessen bewusst?"

Bouchard nickte nervös und antwortete: "Ja, Commissaire, das bin ich. Ich versichere Ihnen, dass ich Ihnen die Wahrheit sage."

Dubois und Laurent waren entschlossen, Bouchards Geschichte bis ins letzte Detail zu überprüfen, bevor sie ihm Glauben schenkten. Sie führten das Kreuzverhör noch eine Weile fort und stellten sicher, dass sie alle Informationen hatten, die sie benötigten, um seine Behauptungen zu überprüfen.

Unter dem Druck der Befragung gab Bouchard schließlich zu, dass er alles für Reynard tun würde. Reynard hatte ihm ein attraktives Angebot gemacht: Wenn sie gemeinsam erfolgreich Thomas in der Firma stürzen könnten, würde Reynard Bouchard eine beachtliche Summe Geld und eine leitende Position in der Firma anbieten. Bouchard, der von der Aussicht auf Reichtum und Macht fasziniert war, hatte sofort eingewilligt.

Sie hatten auch einen ausgeklügelten Plan entwickelt, wie sie Thomas aus der Firma drängen wollten. Bouchard beschrieb den Plan detailliert: Sie würden Beweise für Thomas' angebliche Veruntreuung von Firmengeldern und andere unethische Geschäftspraktiken sammeln und diese Informationen dann an die Medien und die Aktionäre weitergeben. Durch den Skandal und den darauffolgenden öffentlichen Aufschrei würde Thomas gezwungen sein, zurückzutreten.

Lefebvre sollte eine entscheidende Rolle in ihrem Plan spielen. Sie war eng mit Thomas befreundet und hatte Zugang zu vielen vertraulichen Informationen über seine Geschäftspraktiken. Ihre Aufgabe war es, diese

Informationen heimlich zu sammeln und sie Bouchard und Reynard zukommen zu lassen.

Während Bouchard seine Geschichte erzählte, beobachteten Dubois und Laurent ihn genau. Ihre Befragung war geschickt und intensiv, und sie ließen Bouchard keine Möglichkeit, sich aus der Verantwortung zu winden.

Dubois warf Bouchard einen durchdringenden Blick zu und fragte: "Und wie genau sollte Lefebvre an diese Informationen gelangen, ohne dass Thomas Verdacht schöpfte?"

Bouchard zögerte einen Moment, bevor er antwortete: "Lefebvre hatte einen Schlüssel zu Thomas' Büro und Zugang zu seinem Computer. Sie sollte die Informationen heimlich während ihrer Mittagspause oder nach Feierabend beschaffen."

Laurent wandte sich wieder an Bouchard und fragte: "Warum sollten wir glauben, dass Sie die Wahrheit sagen, Monsieur Bouchard? Wie können wir sicher sein, dass Sie nicht einfach versuchen, die Schuld von sich selbst abzulenken?"

Bouchard wirkte zunehmend nervös und antwortete: "Ich habe nichts zu verbergen, Commissaire. Ich erzähle Ihnen alles, was ich weiß. Sie können meine Geschichte überprüfen, wenn Sie möchten. Ich bin bereit, vollständig mit Ihnen zu kooperieren."

Dubois und Laurent tauschten einen skeptischen Blick aus, entschieden jedoch, Bouchard vorerst den Vorteil des Zweifels zu geben. Sie würden seine Geschichte gründlich untersuchen und alle Fakten sammeln, bevor sie zu einem Urteil gelangten.

Die Befragung nahm noch einige Zeit in Anspruch, während Dubois und Laurent weiterhin versuchten, weitere Informationen und Hinweise von Bouchard zu erhalten. Schließlich beendeten sie das Verhör und verließen das Anwesen, um ihre Ermittlungen fortzusetzen.

Während der Rückfahrt nach Saint-Tropez diskutierten Dubois und Laurent die neuen Informationen, die sie von Bouchard erhalten hatten. Sie waren sich einig, dass sie Bouchards Geschichte sorgfältig überprüfen mussten und weitere Befragungen von Lefebvre und Reynard erforderlich waren.

"Es scheint, als hätten wir eine Menge Arbeit vor uns, Commissaire", bemerkte Laurent nachdenklich.

"Das haben wir, mein Freund", erwiderte Dubois. "Aber ich habe das Gefühl, dass wir dem wahren Täter allmählich näherkommen. Wir müssen sogleich zu Lefebvre und Reynard fahren."

*

Dubois und Laurent saßen in der behaglichen Wohnung von Lefebvre und Reynard, umgeben von der warmen, gedämpften Beleuchtung, die dem Raum ein Gefühl von Intimität und Geborgenheit verlieh. Sie sahen sich an und beschlossen, sie direkt auf die Informationen anzusprechen, die sie von Bouchard erhalten hatten.

Dubois begann mit fester Stimme: "Monsieur und Madame, wurden Sie vielleicht angegriffen, weil Sie planten, Thomas in der Firma zu stürzen?"

Schockiert weiteten sich ihre Augen, und sie verneinten sofort. Laurent fügte hinzu, die Spannung in der Luft spürbar: "Wir haben diese Information von Monsieur Bouchard. Es scheint, als gäbe es eine Verschwörung, um De Villeneuve zu stürzen."

Die beiden waren sichtlich erschüttert und wiesen die Anschuldigungen entschieden zurück. Dubois fragte weiter, seine Miene misstrauisch: "Oder haben Sie das Attentat auf sich selbst inszeniert, um den Verdacht auf etwas anderes zu lenken?"

Reynard antwortete empört, sein Gesicht vor Verletzung verzerrt: "Das ist absurd, Commissaire! Wir wurden tatsächlich angegriffen. Warum sollten wir so etwas tun?"

Lefebvre fügte hinzu, ihre Stimme zittrig: "Wir sind unschuldig, Commissaire. Bouchard erfindet die ganze Geschichte. Wir hatten nicht vor, Thomas zu stürzen. Der Algorithmus, den Thomas entwickelt hat, war veraltet, und Reynard arbeitete an einem neuen, besseren Algorithmus, der auf dem vorherigen basiert."

Reynard erklärte leidenschaftlich: "Die von mir entwickelte künstliche Intelligenz sollte in der Leistung weit überlegen sein und umfangreichere Möglichkeiten bieten als die bisherige. Eine hochentwickelte AI kann Dinge tun, die sich ein Mensch derzeit kaum vorstellen kann. Sie kann komplexe Muster in riesigen Datenmengen erkennen und in Bruchteilen von Sekunden Entscheidungen treffen, die normalerweise Stunden oder Tage dauern würden. Sie kann menschliche Sprache verstehen und darauf reagieren, und sie kann lernen, sich an neue Situationen anzupassen und ihre Fähigkeiten ständig zu verbessern."

Laurent fragte nach, während er ihre Körpersprache beobachtete: "Können Sie uns ein Beispiel dafür geben, wie diese neue AI Ihrer Firma helfen würde?"

Reynard nickte eifrig: "Natürlich. Stellen Sie sich vor, unsere AI könnte in Echtzeit Kundenbedürfnisse analysieren und darauf abgestimmte Marketingstrategien entwickeln, die den Umsatz erheblich steigern würden. Die AI könnte auch komplexe Finanzdaten verarbeiten und optimale Investitionsentscheidungen treffen, um unsere Rendite zu maximieren."

Lefebvre erklärte weiter, seine Augen flehend auf Dubois gerichtet: "Ich habe Reynard dabei unterstützt, den Code für die AI fehlerfrei zu gestalten. Dabei haben wir eng mit talentierten Studenten aus unserer ehemaligen Universität zusammengearbeitet."

Dubois und Laurent setzten das Kreuzverhör fort und stellten gezielte Fragen, um die beiden weiter unter Druck zu setzen. Dubois fragte, seine Stimme kalt und unnachgiebig: "Wenn Ihre Absichten so ehrenhaft sind, warum sollte Bouchard dann solch eine Geschichte erfinden?"

Lefebvre antwortete, seine Stimme brüchig: "Vielleicht hat er seine eigenen Gründe oder er wurde von jemand anderem manipuliert. Wir sind uns nicht sicher, was Bouchard dazu veranlasst hat, das zu behaupten. Es gibt so viele Möglichkeiten, und es ist schwer, seine wahren Absichten zu kennen."

Während des Gesprächs bemerkte Dubois plötzlich einen besonderen Duft, der durch die Luft strömte. Er war angenehm und zugleich intensiv, sodass er seine Frage kurz unterbrach, um Madame Lefebvre zu fragen: "Entschuldigen Sie, aber welcher Duft ist das, den ich gerade wahrnehme?"

Madame Lefebvre überlegte einen Moment und schnupperte dann, um den Duft ebenfalls aufzunehmen. Ihr Gesicht hellte sich auf, als sie erkannte, um welchen Geruch es sich handelte. "Oh, das sind Gartennelken," sagte sie lächelnd. Dubois war überrascht, wie intensiv der Duft der Blumen war, obwohl sie sich im Inneren der Wohnung befanden. Er schüttelte leicht den Kopf, um sich wieder auf das Gespräch zu konzentrieren, und setzte die Befragung fort. Laurent hakte nach, seine Augen scharf und forschend: "Haben Sie irgendwelche Beweise, die Ihre Behauptungen stützen? Irgendwelche Dokumente oder Zeugen, die Ihre Version der Geschichte bestätigen können?"

Reynard zögerte einen Moment, bevor er antwortete, seine Hände nervös ineinander verhakt: "Nun, wir haben Dokumentationen und E-Mails, die unsere Zusammenarbeit mit den Studenten und die Fortschritte bei der Entwicklung der neuen AI belegen. Außerdem können Sie einige der Studenten und Professoren kontaktieren, die an dem Projekt beteiligt waren. Sie werden unsere Aussagen bestätigen."

Lefebvre fügte hinzu, während er Dubois flehend ansah: "Wir haben nichts zu verbergen, Commissaire. Sie können unsere Kommunikation und Arbeitsdateien überprüfen. Sie werden sehen, dass wir uns ausschließlich auf die Verbesserung der AI konzentriert haben und nicht auf irgendwelche Verschwörungen gegen Thomas."

Dubois und Laurent tauschten einen Blick aus und

spürten, dass Lefebvre und Reynard aufrichtig wirkten. Dennoch mussten sie weiter nachforschen, um die Wahrheit herauszufinden. Laurent fragte, seine Stimme gedämpft: "Gibt es jemanden, der ein Motiv hätte, Sie beide und Thomas gegeneinander auszuspielen? Jemand, der von der Spaltung innerhalb der Firma profitieren könnte?"

Lefebvre und Reynard dachten kurz nach und Lefebvre antwortete schließlich, seine Stimme leise: "Es gibt einige Konkurrenten, die möglicherweise ein Interesse daran hätten, unsere Firma zu destabilisieren. Aber wir haben keine konkreten Beweise, um jemanden direkt zu beschuldigen."

Dubois nickte und beschloss, das Kreuzverhör zu beenden: "Danke für Ihre Kooperation. Wir werden Ihre Aussagen überprüfen und die Informationen, die Sie uns gegeben haben, weiter untersuchen. Wir werden uns bei Ihnen melden, wenn wir weitere Fragen haben oder Informationen benötigen."

Laurent fügte hinzu, seine Stimme sanft und tröstend: "Wir möchten, dass Sie wissen, dass wir unser Bestes tun, um die Wahrheit herauszufinden und diejenigen zur Rechenschaft zu ziehen, die für diese Angriffe verantwortlich sind."

Nachdem sie sich von Lefebvre und Reynard verabschiedet hatten, verließen Dubois und Laurent das Anwesen, um die neuen Informationen zu verarbeiten und ihren nächsten Schritt zu planen. Sie überlegten, wie sie die Wahrheit hinter den widersprüchlichen Geschichten von Bouchard, Lefebvre und Reynard herausfinden könnten.

*

Dubois und Laurent beschlossen, nochmals zu Madame Isabelle Leclerc zu fahren und sie mit den neuen Tatsachen zu konfrontieren. Als sie bei ihr ankamen, baten sie um ein weiteres Gespräch. Isabelle wirkte nervös, aber gewährte ihnen dennoch Einlass.

"Madame Leclerc", begann Dubois, "wir haben einige neue Informationen erhalten, die wir mit Ihnen besprechen möchten."

Isabelles Hände zitterten leicht, als sie auf einen Stuhl deutete, der von der goldenen Abendsonne, die durch das Fenster fiel, erwärmt wurde. Sie setzten sich in das elegante Wohnzimmer, das mit Antiquitäten und Kunstwerken geschmückt war.

Laurent, fragte vorsichtig: "Wussten Sie, dass Lefebvre, Reynard und Bouchard planten, das Unternehmen Ihres Mannes zu stürzen?"

Isabelle starrte sie mit großen Augen an, die Tränen in den Augenwinkeln aufblitzten. "Nein, davon wusste ich nichts! Wie kommen Sie auf so etwas?"

Dubois fügte hinzu: "Wir haben Informationen, dass sie möglicherweise ein Komplott geschmiedet haben, um ihren Ehemann aus dem Unternehmen zu drängen. Bouchard hat uns das erzählt."

Isabelle schluckte schwer und schüttelte den Kopf. "Das kann ich nicht glauben. Ich wusste nichts davon."

Laurent sah Dubois an, der ihm einen ermutigenden Blick zuwarf, bevor er weiterfragte: "Wussten Sie, dass

Lefebvre und Reynard an einem neuen Algorithmus arbeiten, der dem bisherigen überlegen ist und somit das Unternehmen Trismegistos Solutions wertlos machen würde?"

Isabelle schaute erneut überrascht und verzweifelt: "Nein, auch davon wusste ich nichts. Aber das klingt nach etwas, das Natalie und Antoine tun würden. Sie sind immer bestrebt, sich zu verbessern und neue Technologien zu entwickeln."

Dubois runzelte die Stirn und fragte: "Hatten Sie jemals den Verdacht, dass etwas hinter den Kulissen vor sich ging? Haben Sie jemals Gespräche belauscht oder verdächtige Verhaltensweisen bemerkt?"

Isabelle überlegte kurz, bevor sie antwortete, wobei ihre Stimme vor Kummer brach: "Nein, ich hatte keine Ahnung. Ich hatte vollstes Vertrauen in alle Mitarbeiter meines Mannes. Ich hätte nie gedacht, dass sie so etwas tun könnten."

Laurent stellte eine weitere Frage: "Könnten Sie uns sagen, wo Sie waren und was Sie am Tag des Angriffs auf Lefebvre und Reynard getan haben?"

Isabelle wirkte unbehaglich, aber antwortete dennoch: "Ich war den ganzen Tag über zu Hause und habe mich um einige persönliche Angelegenheiten gekümmert. Ich hatte keine Ahnung, dass so etwas passieren würde."

Dubois beobachtete ihre Körpersprache genau, während er eine provokante Frage stellte: "Madame Leclerc, könnten Sie all das gewusst haben und eine Person angeheuert haben, um Natalie und Antoine zu attackieren, damit Sie die alleinige Besitzerin des

Unternehmens werden und sich mit Moreau zusammentun könnten?"

Isabelle reagierte wütend und erschüttert: "Wie können Sie so etwas denken, Commissaire? Das ist eine ungeheuerliche Unterstellung! Ich habe meinen Mann geliebt und würde niemals so etwas tun. Ich bitte Sie, mein Haus sofort zu verlassen."

Dubois und Laurent ließen sich jedoch nicht beirren und fügten noch hinzu: "Aber, Madame Leclerc, es ist bekannt, dass Sie mit Ihrem Mann auf Kriegsfuß standen, da er von der Verpfändung der Aktien an Moreau gehört hatte und Ihnen seine finanzielle Unterstützung untersagt hatte. Das könnten alles Motive sein."

Isabelle war nun noch wütender und empörter: "Das ist lächerlich! Mein Mann und ich hatten unsere Differenzen, das stimmt, aber ich würde niemals so weit gehen, jemanden zu verletzen oder gar zu töten. Wir haben unsere Probleme immer offen besprochen und versucht, eine Lösung zu finden."

Dubois warf Laurent einen skeptischen Blick zu, während er die nächste Frage stellte: "Können Sie uns jemanden nennen, der bestätigen kann, dass Sie am Tag des Angriffs tatsächlich zu Hause waren und sich um persönliche Angelegenheiten gekümmert haben?"

Isabelle dachte nach: "Unsere Haushälterin, Madame Giselle, war anwesend. Sie kann Ihnen bestätigen, dass ich den ganzen Tag zu Hause war."

Dubois nickte und notierte sich die Information. Er spürte, dass Isabelle ihnen etwas verheimlichte, aber er konnte nicht genau sagen, was es war.

"Vielen Dank, Madame Leclerc", sagte Laurent. "Wir werden Ihre Informationen überprüfen und vielleicht zu einem späteren Zeitpunkt noch einmal mit Ihnen sprechen."

Isabelle wirkte erleichtert, als die beiden Ermittler aufstanden und sich zum Gehen wandten. "Ich hoffe, Sie finden heraus, wer für den Angriff auf Natalie und Antoine verantwortlich ist. Sie haben meine volle Unterstützung."

Dubois und Laurent verließen das Haus und traten in die frische Abendluft hinaus. Sie blickten sich an und wussten, dass sie noch viele Fragen klären mussten, bevor sie den wahren Täter finden konnten.

"Was denkst du, Philippe?", fragte Marc. "Glaubst du, dass Isabelle etwas mit dem Angriff zu tun hat?"

Dubois zuckte mit den Schultern: "Ich bin mir nicht sicher. Sie ist offensichtlich aufgebracht, aber sie könnte auch etwas verbergen. Wir sollten mit der Haushälterin, Madame Giselle, sprechen und sehen, ob sie Isabelle bestätigen kann."

*

Dubois entschied, dass es an der Zeit war, Clarice Fontaine und Monsieur le Préfet Sebastien Bernard über den aktuellen Stand des Falls zu informieren. Er rief Fontaine an und fragte, ob sie alle zusammen essen gehen könnten, um über die Ermittlungen zu sprechen.

"Könntest du auch Monsieur le Préfet einladen?", fragte Dubois. "Ich denke, es wäre gut, ihn auf dem Laufenden zu halten."

Madame Fontaine stimmte zu und schlug ein Restaurant im Stadtzentrum vor: "Wie wäre es mit Le Petit Gourmet? Es ist ein ausgezeichnetes Restaurant, das bisher in unserem Roman noch nicht vorkam."

Später frühen Nachmittag trafen sich alle im Restaurant Le Petit Gourmet. Die Atmosphäre im Restaurant war warm und einladend, mit gedämpftem Licht und leisen Klavierklängen im Hintergrund. Madame Fontaine warf Dubois einen vertrauten Blick zu, der erwidert wurde – ein stummes Zeichen ihrer heimlichen Romanze.

Während sie auf das Essen warteten, begannen Dubois und Laurent, detailliert über ihre Gespräche mit Reynard, Lefebvre und Bouchard zu berichten.

Dubois erzählte von seinem Gespräch mit Bouchard: "Er erzählte uns, dass er zusammen mit Lefebvre und Reynard plante, das Unternehmen von Thomas zu stürzen. Sie hatten vor, den Vorstand von Trismegistos Solutions von ihrem neuen Algorithmus zu überzeugen, der wesentlich besser als der bisherige ist. Dies hätte das Unternehmen praktisch wertlos gemacht und Thomas zum Rücktritt gezwungen."

Laurent fügte hinzu: "Wir haben auch Lefebvre und Reynard befragt. Beide haben zugegeben, dass sie an einem neuen Algorithmus arbeiten, der dem von Trismegistos Solutions überlegen ist. Allerdings betonten sie, dass sie keine bösen Absichten hatten und lediglich ihre Arbeit verbessern wollten."

Madame Fontaine hakte nach: "Haben sie euch erzählt, warum sie sich dazu entschieden haben, mit Bouchard zusammenzuarbeiten?"

Laurent antwortete: "Reynard sagte, dass Bouchard sie überzeugte, dass Thomas' Führung des Unternehmens nicht zum Wohle aller sei. Bouchard hatte angeblich Insiderinformationen, dass Thomas beabsichtigte, das Unternehmen zu verkaufen, was den Wert ihrer Aktien und Arbeit schmälern würde."

Dubois fuhr fort: "Wir haben auch herausgefunden, dass Madame Leclerc möglicherweise in die Sache verwickelt ist. Sie war wütend, dass De Villeneuve erfuhren hatte, dass sie ihre Aktien an Moreau verpfändet hatte, und sich mit ihm zusammentun wollte, um Thomas' Firma zu stürzen. Wir haben sie mit diesen Informationen konfrontiert, aber sie hat alles abgestritten."

Monsieur le Préfet hörte aufmerksam zu und fragte: "Habt ihr irgendwelche Beweise, die Isabelle belasten könnten?"

Dubois schüttelte den Kopf: "Bisher nicht, aber wir werden weiterhin ermitteln und alle Möglichkeiten in Betracht ziehen. Es könnte durchaus sein, dass jemand anderes hinter den Angriffen auf Lefebvre und Reynard steckt – jemand, den wir noch nicht in Betracht gezogen haben."

Clarice sinnierte: "Es ist in der Tat verwirrend. Während wir hier sitzen und diskutieren, könnte der wahre Täter seine nächsten Schritte planen."

Monsieur le Préfet stimmte zu: "Wir müssen wachsam bleiben und alle möglichen Spuren verfolgen. Aber lassen Sie uns nicht den ganzen Abend über den Fall sprechen. Wir sind hier, um eine gute Zeit zu verbringen und uns zu entspannen."

Dubois nickte und lächelte: "Da haben Sie recht, Monsieur le Préfet. Lassen Sie uns den Abend genießen."

Die Gruppe wechselte das Thema als das Essen kam und unterhielt sich über angenehmere Dinge, während sie ihr köstliches Essen und den exzellenten Wein genossen.

Sie unterhielten sich über die bevorstehende Eröffnung eines neuen Luxushotels am Strand, das als erstes Hotel in der Region ein Unterwasserrestaurant bieten sollte. Die Gruppe diskutierte, ob sie sich vorstellen könnten, dort zu essen und wie es wohl wäre, von Fischen umgeben zu sein, während man speiste.

Ein weiteres Thema war das alljährliche Filmfestival von St. Tropez, das in wenigen Wochen stattfinden sollte. Sie spekulierten, welche Stars in die Stadt kommen würden und welche Filme dieses Jahr die größten Chancen auf Preise hatten.

Schließlich sprachen sie über eine neue Kunstgalerie, die kürzlich in der Altstadt eröffnet worden war. Die Galerie hatte bereits für Aufsehen gesorgt, da sie eine beeindruckende Sammlung zeitgenössischer Kunst ausstellte. Clarice erwähnte, dass sie die Ausstellung bereits besucht hatte und von den außergewöhnlichen Werken begeistert gewesen war.

Währenddessen warfen Madame Fontaine und der Préfet einander verstohlene Blicke zu, und es war offensichtlich, dass sie eine besondere Verbindung hatten. Sie tauschten gelegentlich zärtliche Berührungen aus, wie ein leichtes Streicheln des Armes oder das sanfte Berühren der Hände.

Die Unterhaltung verlief angenehm und entspannt, und alle genossen die köstlichen Speisen und den hervorragenden Wein. Es war eine willkommene Ablenkung von den Belastungen und Herausforderungen der Ermittlungsarbeit. Die unterschwellige Romanze zwischen Madame Fontaine und dem Préfet entging Dubois und Laurent nicht, die sich während des Essen oftmals schmunzelt ansahen und diese affaire d'amour zwischen den beiden genossen.

*

Während alle noch am Essen waren, erhielten Dubois und Bernard einen Anruf von einem Kollegen aus ihrem Team, der sie über einen möglichen Durchbruch informierte. Sie sahen sich an und entschieden, den Anruf auf Lautsprecher zu nehmen.

"Commissaire Dubois, Monsieur le Préfet, wir haben etwas Wichtiges entdeckt", sagte der Polizist am anderen Ende der Leitung. "Wir haben auf einem Überwachungsvideo Bouchard in der Nähe der Wohnung von Lefebvre und Reynard entdeckt, und zwar am Tag des Attentats."

Die Gesichter der beiden Männer verfinsterten sich, während sie den Informationen lauschten. Als sie auflegten, informierten sie sofort die anderen am Tisch über die Neuigkeiten. Sie beschlossen, das Essen abzubrechen und sofort zum Polizeirevier zu fahren.

Als sie im Polizeirevier ankamen, führte sie ein Brigadier zu einem Bildschirm, auf dem sie das Überwachungsvideo betrachten konnten. Die Gruppe beobachtete das Video genau und war immer sicherer, dass es Bouchard war.

Sofort fuhren Dubois und Laurent in Richtung Bouchards Anwesen. Auf dem Weg diskutierten sie mögliche Gründe, weshalb Bouchard dort gewesen sein könnte.

"Was könnte Bouchard in der Nähe ihrer Wohnung gewollt haben?", fragte Laurent.

Dubois antwortete nachdenklich: "Vielleicht wollte er sicherstellen, dass alles nach Plan lief. Oder er hatte Zweifel und wollte seine eigenen Augen und Ohren vor Ort haben."

In seinen Gedanken äußerte Dubois seine Sorgen darüber, ob sie auf der richtigen Spur sind und seine Frustration über die vielen offenen Fragen.

*

Als sie das Anwesen von Bouchard erreichten, wurden sie von einem Wachmann empfangen, der sie sofort zu Bouchard führte. Sie trafen ihn in seinem Arbeitszimmer, wo er überrascht wirkte, als er Dubois und Laurent sah.

"Wir haben Beweise dafür, dass Sie in der Nähe des Attentats gesehen wurden", begann Dubois, als er und Laurent sich Bouchard gegenüberstellten. "Es gibt genügend belastendes Material, um Sie vor Gericht zu bringen."

"Das könnte einen Eintrag in Ihr polizeiliches Führungszeugnis bedeuten", fügte Laurent hinzu. "Das wäre das Ende Ihrer Karriere im IT-Bereich."

Bouchard wirkte nervös. Die beiden Ermittler nutzten die

Gelegenheit, um ihn in ein Kreuzverhör zu nehmen.

"Erklären Sie uns, was Sie in der Nähe von Lefebvre und Reynards Wohnung gemacht haben", forderte Dubois.

Zuerst versuchte Bouchard, die Situation herunterzuspielen. "Ich bin dort einfach nur spazieren gegangen", sagte er mit zitternder Stimme.

"Spazieren?", fragte Laurent ungläubig. "Mitten in der Nacht, und ausgerechnet in der Nähe ihrer Wohnung?"

Bouchard änderte seine Geschichte. "Na gut, ich war bei Lefebvre und Reynard, um etwas zu trinken. Wir sind Freunde, das ist alles."

Dubois runzelte die Stirn. "Interessant, dass Sie das nicht erwähnt haben, als wir Sie zuvor befragt haben."

Bouchard antwortete: "Ich hatte Angst, dass es verdächtig wirken würde. Aber ich schwöre, ich habe nichts mit dem Anschlag zu tun."

Laurent hakte nach: "Und warum sind Sie dann nach dem Treffen mit Lefebvre und Reynard nicht gleich nach Hause gegangen?"

"Ich hatte das Gefühl, dass etwas nicht stimmte", stotterte Bouchard. "Ich hatte von einem möglichen Anschlag auf die beiden gehört und wollte sicherstellen, dass sie in Ordnung waren."

"Ein Anschlag?", fragte Dubois scharf. "Wie kamen Sie zu dieser Information?"

Bouchard zögerte und blickte auf den Boden. "Das wurde

mir von Bekannten aus der IT-Branche zugesteckt. Es gibt viele Gerüchte und Spekulationen, wissen Sie."

Die Ermittler tauschten einen skeptischen Blick aus. "Bouchard, Ihre Geschichte ändert sich ständig", bemerkte Dubois. "Warum sollten wir Ihnen glauben?"

"Ich schwöre, dass ich die Wahrheit sage", beteuerte Bouchard. "Ich hatte nichts mit dem Anschlag zu tun!"

"Wir werden Sie jetzt mit auf das Revier mitnehmen", erklärte Laurent. "Wir haben genügend Beweise, um eine Anklage gegen Sie einzureichen. Oder Sie können uns jetzt alles sagen und wir ersparen uns diesen ganzen Zirkus. Wenn Sie jetzt die volle Wahrheit sagen, könnte es Ihnen helfen."

Bouchard überlegte einen Moment und gab schließlich nach. "Gut, ich gebe es zu", stammelte er. "Lefebvre und Reynard haben mich bezahlt. Ich sollte es in ihrer Wohnung so aussehen lassen, wie einen Anschlag, damit die beiden keine Verdächtigen mehr sind."

Dubois und Laurent nickten zufrieden. "Das erklärt einiges", sagte Dubois. "Und es stellt die Dinge in einem völlig neuen Licht dar."

Laurent fügte hinzu: "Wir werden Sie jetzt mit aufs Revier nehmen, Bouchard. Dort werden Sie eine formelle Aussage machen und die volle Wahrheit über Ihre Beteiligung an diesem Fall offenlegen."

Bouchard nickte resigniert, während Dubois und Laurent ihn fest im Griff hatten und ihn zum Polizeiauto führten. Auf dem Weg zum Revier tauschten die beiden Ermittler ihre Gedanken aus. "Es ist unglaublich, wie weit Lefebvre und Reynard gegangen sind, um von sich abzulenken", sagte Dubois.

"Ja, und es stellt sich die Frage, wie tief sie wirklich in diesen Machenschaften stecken", erwiderte Laurent. "Wir müssen sicherstellen, dass wir alles tun, um die ganze Wahrheit herauszufinden."

Als sie auf dem Revier ankamen, führten sie Bouchard in einen Verhörraum und begannen, seine Aussage aufzunehmen. Bouchard erzählte, wie Lefebvre und Reynard ihn kontaktiert hatten und ihm eine beträchtliche Summe Geld angeboten hatten, um den Anschlag zu inszenieren.

"Sie sagten, es wäre das perfekte Alibi", sagte Bouchard. "Niemand würde sie als Verdächtige betrachten, wenn sie selbst angegriffen worden waren."

"Aber", fragte Dubois: "Haben die beiden Thomas getötet?"

Bouchard stotterte: "Darüber haben Sie mir nichts erzählt. Sie haben mir nur das Geld angeboten, damit wir Thomas stürzen. Aber von Mord oder Totschlag: Davon war niemals die Rede. Da wäre ich sowieso nicht dabei gewesen."

Dubois und Laurent hörten aufmerksam zu und machten sich Notizen. Nachdem sie Bouchards Aussage aufgezeichnet hatten, besprachen sie das weitere Vorgehen.

"Wir müssen jetzt sofort Lefebvre und Reynard festnehmen", sagte Dubois entschlossen.

Laurent stimmte zu. "Wir haben genug Beweise, um sie wegen Verschwörung und Vortäuschung einer Straftat anzuklagen. Eventuell sogar wegen Mord."

*

Die Reifen quietschten auf dem Asphalt, als Dubois und Laurent mit ihrem schwarzen Dienstwagen aus der Polizeistation schossen. Das Adrenalin pumpte durch ihre Adern, während sie sich auf den Weg zu Lefebvre und Reynard machten, um beide zu verhaften. Laurents Hände umklammerten das Lenkrad, während er mit zitternden Fingern den Blinker setzte und sich in den fließenden Verkehr einreihte.

"Wir dürfen keinen Moment verlieren, Dubois," keuchte Laurent. "Wenn sie Wind davon bekommen, dass wir ihnen auf der Spur sind, sind sie schneller verschwunden als wir 'Verdächtige' sagen können."

Dubois nickte, sein Blick war entschlossen und konzentriert. "Das wird nicht passieren. Wir haben jetzt alle Beweise in der Hand, und wir werden sie zur Strecke bringen." Die Ermittler jagten durch die Straßen, vorbei an alten, von Efeu überwucherten Gebäuden und modernen Glasfassaden. Die Sonne stand tief am Himmel und tauchte die Stadt in ein warmes, orangefarbenes Licht. Der Verkehr war dicht, doch Laurent steuerte den Wagen geschickt durch die engen Gassen. In seinem Inneren spürte er eine brennende Entschlossenheit, diesen Fall endlich abzuschließen und Gerechtigkeit für das Opfer, Thomas, zu finden.

"Was denkst du, Dubois?" fragte Laurent, während sie an einer roten Ampel hielten. "Wie weit sind sie bereit zu gehen, um uns zu entkommen?"

Dubois schüttelte nachdenklich den Kopf. "Das ist schwer zu sagen. Sie haben bereits einiges auf dem Kerbholz, und wer weiß, was sie noch tun würden, um ihre Freiheit zu wahren." Dabei dachte er an die schreckliche Szene, die sie am Tatort vorgefunden hatten - das blutverschmierte Zimmer und die sinnlos zerstörten Gegenstände, die von der Gewalt zeugten, die Lefebvre und Reynard verübt hatten.

Ohne zu warten, dass die Ampel auf Grün sprang, gab Laurent weiterhin Gas. "Aber wir werden sie finden, Dubois. Wir müssen sie finden." Dabei dachte er an seine Tochter, die ihn jeden Abend fragte, ob er die Bösewichte schon gefasst habe. Er wollte ihr in die Augen sehen können und sagen, dass die Welt ein bisschen sicherer geworden sei.

Als sie schließlich vor dem prächtigen Anwesen von Reynard hielten, stellten sie fest, dass das Haus verlassen war. Der Wagen der beiden Verdächtigen war verschwunden, und das Haus schien verwaist. Dubois spürte eine dumpfe Wut in sich aufsteigen. Hatte ihr Instinkt sie getäuscht? Waren sie zu spät gekommen?

Sie stiegen aus dem Wagen und gingen auf das Haus zu. Plötzlich bemerkten sie eine ältere Dame, die auf der Treppe zum Nachbarhaus saß und neugierig herüberschaute. Dubois ging auf sie zu, während Laurent die Umgebung nach Hinweisen absuchte.

"Entschuldigen Sie, Madame," begann Dubois höflich, "haben Sie Lefebvre und Reynard heute gesehen?"

Die Dame zögerte einen Moment, dann nickte sie. "Ja, sie

sind am Morgen weggefahren. Mit Koffern. Die, die sie immer mitnehmen, wenn sie mit Reynards Boot verreisen."

Laurents Augen blitzten auf. "Ein Boot, sagen Sie? Wissen Sie, wo es liegt?"

Die Nachbarin schaute nachdenklich in die Ferne. "Ja, das tue ich. Es liegt im Hafen, am Ende des Stegs Nummer 7. Sie können es nicht verfehlen - es ist ein auffälliges Boot, weiß mit blauen Streifen."

Dubois nickte dankend. "Vielen Dank, Madame. Sie haben uns sehr geholfen." Er wandte sich an Laurent und bedeutete ihm, zurück zum Wagen zu gehen.

"Wir müssen zum Hafen, und zwar sofort," sagte Dubois eindringlich, während sie in den Wagen stiegen.

Laurent nickte und startete den Motor. Mit quietschenden Reifen setzten sie ihre rasante Fahrt fort, die Sirenen heulten auf, während sie sich dem Hafen näherten. Dubois griff nach dem Funkgerät und informierte die Kollegen, um Verstärkung anzufordern.

Die Straßen verwandelten sich in ein Meer aus roten Bremslichtern und hektischen Autofahrern. Dubois und Laurent manövrierten sich gekonnt durch das Verkehrschaos, angetrieben von der Hoffnung, Lefebvre und Reynard noch rechtzeitig zu erwischen. In einem gewagten Manöver nutzte Laurent eine Lücke zwischen zwei Autos und raste zwischen ihnen hindurch. Ihre Fahrzeugseite streifte die eines anderen Wagens, doch Laurent ließ sich davon nicht beirren. Er setzte seine rasanten Fahrkünste fort und schaffte es, den Vorsprung auf die Flüchtigen zu verkürzen.

"Was denkst du, Dubois?" fragte Laurent, während sie die letzten Meter zum Hafen zurücklegten. "Glaubst du, sie wissen, dass wir ihnen so dicht auf den Fersen sind?"

Dubois zögerte einen Moment, bevor er antwortete. "Ich hoffe nicht. Aber wir müssen auf alles gefasst sein."

Endlich erreichten sie den Hafen. Dubois und Laurent sprangen aus dem Wagen und liefen über die hölzernen Stege, ihre Schritte hallten durch auf der Meeresoberfläche. Die salzige Meeresluft umwehte sie, während sie hastig von Boot zu Boot eilten, auf der Suche nach dem auffälligen weißen Boot mit den blauen Streifen.

Schließlich entdeckten sie es: am Ende von Steg Nummer 7, genau wie die Nachbarin beschrieben hatte. Die beiden Ermittler zogen ihre Waffen und schlichen vorsichtig näher heran.

Als Dubois und Laurent die Anlegestelle erreichten, stellten sie entsetzt fest, dass das Boot von Lefebvre und Reynard nicht mehr am Steg war. Ihre Herzen rasten und ihre Gedanken wirbelten umher wie Sturmwolken.

"Laurent, wir müssen herausfinden, wohin sie gegangen sind," sagte Dubois mit eindringlicher Stimme.

Die beiden Polizisten wandten sich an die Bootsbesitzer in der Umgebung und begannen, sie mit Fragen zu löchern. Schließlich sprach ein Mann mit wettergegerbtem Gesicht und rauer Stimme.

"Ja, ich habe Lefebvre und Reynard am frühen Vormittag auf dem Boot gesehen", bestätigte er. "Sie schienen in

Eile zu sein."

"Wohin wollten sie?", fragte Dubois ungeduldig.

"Sie sagten, sie wollen für ein paar Tage nach Monaco", antwortete der Mann, während er seinen Blick abwägend auf den Wellen ruhen ließ.

Dubois zögerte keine Sekunde und zückte sein Handy, um seinen Freund Sergent Camille Girard von der Küstenwache anzurufen. "Camille, wir brauchen deine Hilfe. Lefebvre und Reynard sind mit ihrem Boot unterwegs nach Monaco. Wir müssen sie aufhalten."

Girard klang aufgeregt, als er antwortete: "Ich bin in der Nähe, Dubois. In zehn Minuten kann ich am Hafen von St. Tropez sein."

Während sie auf Girard warteten, wuchs die Spannung zwischen Dubois und Laurent ins Unermessliche, wie ein Korken, der kurz davor ist, aus einer Flasche Champagner zu schießen. Ihre Blicke huschten nervös über das Wasser.

Als Girard schließlich eintraf, war das Boot, das er steuerte, ein wahrer Hingucker. Es war ein Schnellboot, das sich durch seine beeindruckende Geschwindigkeit und Wendigkeit auszeichnete. Die schlanken Linien des Rumpfes zeugten von aerodynamischer Perfektion, während das tiefe Blau der Lackierung das Licht der Sonne einfing und es in tausend schimmernde Funken zurückwarf. Die Wellen schienen förmlich dahinzuschmelzen unter dem Kiel des Bootes, das mit seinen 500 PS und zwei leistungsstarken Außenbordmotoren selbst den schnellsten Flüchtenden trotzen konnte.

Das Boot war mit modernster Technologie ausgestattet: Ein GPS-System der neuesten Generation, das präzise Positionsangaben lieferte, ein Radar, das Hindernisse und andere Boote in der Umgebung erfasste, sowie ein hochauflösendes Sonar, das selbst kleinste Objekte unter Wasser erkennen konnte.

Die Menschen am Hafen konnten sich nicht sattsehen an dem Boot. Es war eine Neuanschaffung der Küstenwache und eines der neuesten Modelle auf dem Markt. Sie drängten sich um das Wasserfahrzeug, während Dubois und Laurent hastig an Bord kletterten.

"Freut mich, dass ich helfen kann", sagte Girard mit einem breiten Lächeln. "Lasst uns keine Zeit verlieren."

*

Während das Boot über das Wasser raste, erklärte Dubois Girard den Grund für ihre Verfolgung von Lefebvre und Reynard. Er erzählte ihm einen kurzen Auszug aus den letzten Tagen der Ermittlung und wie sie auf das Paar als Verdächtige gestoßen waren. Girard hörte aufmerksam zu, während die Kulisse der Fahrt ihre eigene Geschichte erzählte.

Die Aussicht war atemberaubend - das funkelnde azurblaue Wasser erstreckte sich bis zum Horizont, wo es mit dem Himmel verschmolz. Die Sonne warf ihr goldenes Licht auf das Meer und ließ es wie flüssiges Gold glitzern. Entlang der Küste zogen sich pittoreske Dörfer und kleine Buchten, umgeben von smaragdgrünen Hügeln und schroffen Klippen, die sich majestätisch aus dem Wasser erhoben. Die Schönheit der Natur war hier in ihrer ganzen Pracht zu sehen und schien die Schwere der Situation für einen Moment vergessen zu lassen.

Dubois unterbrach die Stille und sagte: "Wir suchen ein weißes Boot mit blauen Streifen. Wie können wir es ausfindig machen, Girard?"

Girard erklärte ihm kurz die Technologie des Automatic Identification Systems (AIS) und wie sie funktioniert. "AIS ist ein System, das den Schiffsverkehr überwacht und automatisch Informationen wie Position, Geschwindigkeit und Kurs von Schiffen an andere Schiffe und Küstenwachstationen sendet. Es hilft uns, Kollisionen zu vermeiden und den Schiffsverkehr sicherer zu machen."

In der Datenbank der Küstenwache fanden sie jedoch kein Boot, das mit dem System AIS ausgestattet war und auf den Namen von Reynard oder Lefebvre gemeldet war. Dubois war enttäuscht, dass sie jetzt keine genaue Möglichkeit hatten, das Boot zu finden.

"L'Étoile de la Mer", wie das Boot der Küstenwache von seinem Kapitän liebevoll genannt wurde, raste mit 55 Knoten entlang der Küste von St. Tropez in Richtung Monaco. Girard erläuterte Dubois und Laurent die neuesten Technologien des Bootes, darunter ein spezielles Radar, das selbst kleinste Boote auf dem Meer identifizieren und im Autopilotmodus seine Richtung steuern konnte.

Um ihre Suche nach dem weißen Boot mit den blauen Streifen zu beschleunigen, rief Girard seinen Kollegen Claude Garcia, der speziell vom französischen Militär ausgebildet worden war, um Observationsdrohnen mit Höchstgeschwindigkeiten von bis zu 175 km/h zu steuern. Dafür benutzte er eine virtuelle Brille, die ihm die Möglichkeit gab, direkt das zu sehen, was die Drohne sah. Alles wurde über Militärsatelliten der französischen Regierung gesteuert.

Girard gab Garcia den Befehl, nach einem weißen Boot mit blauen Streifen zu suchen. Garcia stülpte sich die virtuelle Brille über den Kopf und warf elegant die Drohne in die Luft, die augenblicklich alle Systeme aktivierte und ihre Propeller startete, um in die Höhe zu schnellen. Ab diesem Punkt steuerte Garcia die Drohne mit Hilfe der virtuellen Brille und bewegte sich geschickt durch den Luftraum, um einen besseren Blick auf die Gewässer zu bekommen.

Währenddessen unterhielten sich Dubois, Laurent und Girard über mögliche Szenarien und Strategien, um Lefebvre und Reynard dingfest zu machen. Die Spannung an Bord war greifbar, und jeder von ihnen war sich der Dringlichkeit bewusst, die Flüchtigen schnellstmöglich zu finden.

Die Küstenlinie zog an ihnen vorbei wie ein impressionistisches Gemälde - leuchtende Farben und verschwommene Konturen verschmolzen zu einem harmonischen Ganzen. Das Meer schien die Farben des Himmels zu spiegeln, und die Sonne tauchte die Welt in ein warmes, goldenes Licht. Die Schönheit der Natur kontrastierte stark mit dem düsteren Grund ihrer Mission.

Garcia, immer noch mit der virtuellen Brille auf dem Kopf, steuerte die Drohne gekonnt über das Wasser und beobachtete jeden Winkel des Meeres. Seine Augen huschten über die Live-Bilder, die die Drohne lieferte, und suchten nach dem auffälligen weißen Boot mit den blauen Streifen.

Nach einer Weile entdeckte er etwas in der Ferne, das seine Aufmerksamkeit erregte. "Ich glaube, ich habe etwas", rief er aufgeregt und zeigte auf den Bildschirm, der die Bilder der virtuellen Brille empfing. "Da ist ein Boot, das unserer Beschreibung entspricht, etwa zehn Kilometer südwestlich von unserer Position."

Dubois und Laurent spürten einen Funken Hoffnung in ihren Herzen aufkeimen, als sie die Neuigkeiten hörten. "Gut gemacht, Garcia", lobte Dubois, während er Girard ansah. "Können wir unser Boot darauf ausrichten?"

Girard nickte und programmierte die Koordinaten in das Navigationssystem. "L'Étoile de la Mer" änderte den Kurs und beschleunigte in Richtung des weißen Bootes mit den blauen Streifen, das sich am Horizont abzeichnete.

Während sie näher kamen, wuchs die Anspannung an Bord. Jeder hoffte insgeheim, dass sie ihre Flüchtigen endlich gefunden hatten und das Rätsel um die Ermittlung bald gelöst sein würde.

Als sie sich dem Boot näherten, erkannten sie, dass es tatsächlich das gesuchte weiße Boot mit blauen Streifen war. Dubois und Laurent tauschten erleichterte Blicke aus und bereiteten sich darauf vor, an Bord zu gehen und Lefebvre und Reynard zur Rèchenschaft zu ziehen.

Die Männer wussten, dass sie vor einer schwierigen Aufgabe standen, doch die atemberaubende Schönheit der Natur, die sie umgab, schien ihnen in diesem Moment fast wie ein gutes Omen. Mit Entschlossenheit und Hoffnung im Herzen näherten sie sich dem Boot, bereit, ihrer Pflicht nachzukommen und der Wahrheit auf den Grund zu gehen.

In diesem Moment war ihnen nicht bewusst, welche Überraschungen und Wendungen die Ermittlung noch für sie bereithielt. Doch die Schönheit der Côte d'Azur und die unerschütterliche Entschlossenheit der drei Männer schwand nicht.

Reynard spürte, wie sich sein Herzschlag beschleunigte, als er das herannahende Küstenwachboot bemerkte. Er wusste, dass sie entdeckt worden waren und ihre Flucht bald zu Ende sein könnte. Trotz seiner Furcht entschied er sich, alles auf eine Karte zu setzen und nicht kampflos aufzugeben. Mit einem entschlossenen Blick auf Lefebvre startete er den Motor des Bootes und steuerte es mit voller Kraft auf das offene Meer hinaus.

Als Girard die plötzliche Beschleunigung des Fluchtbootes bemerkte, gab er sofort Vollgas, und die Verfolgungsjagd begann. Die beiden Boote rasten in einem atemberaubenden Tempo über das Wasser, das Meer schäumte und spritzte, während die Gischt ihnen ins Gesicht peitschte. Der eisige Wind durchdrang ihre Kleidung und stach wie Nadeln auf ihrer Haut.

In einem verzweifelten Versuch, die Verfolger abzuschütteln, führte Reynard das Boot geschickt durch enge Passagen zwischen Felsen hindurch. Girard verfolgte sie jedoch unerbittlich und folgte ihnen ohne zu zögern, als sie in einen engen Kanal zwischen zwei Klippen einbogen. Sein Herz raste, während die Entschlossenheit in seinen Augen funkelte.

Währenddessen hielten sich Dubois und Laurent an den Griffen des Bootes fest, bereit, in Aktion zu treten, sobald sie die Chance bekamen. Sie spürten das Adrenalin in ihren Adern pulsieren, als sie sich auf den entscheidenden Moment vorbereiteten. Sie wussten, dass ihr Leben auf dem Spiel stand und jeder Fehler fatale Folgen haben könnte.

Das Boot der Küstenwache schoss nur knapp an den Felswänden vorbei und entkam mehrmals in letzter Sekunde dem sicheren Untergang. Girard ließ sich jedoch nicht einschüchtern und konzentrierte sich auf das Ziel vor ihm. Sein Adrenalinschub ließ sein Herz rasen, während er mit eiserner Entschlossenheit das Fluchtboot verfolgte.

In der Hoffnung, Girard zu überlisten, änderte Reynard abrupt die Richtung und führte das Boot in einem plötzlichen Wendemanöver durch die Wellen. Doch Girard war ihm dicht auf den Fersen und folgte dem Fluchtboot in einem halsbrecherischen Tempo. Die beiden Boote rasten in einem gefährlichen Katz-und-Maus-Spiel über das Meer, während das Wasser um sie herum schäumte und spritzte.

Reynard war klar, dass er etwas unternehmen musste, um seine Verfolger abzuschütteln. In einem letzten verzweifelten Versuch steuerte er das Boot auf eine Sandbank zu und ließ es mit voller Wucht darüber gleiten. Girard, der das Manöver kommen sah, reagierte blitzschnell und führte das Küstenwachboot ebenfalls über die Sandbank, nur um Haaresbreite dem Aufprall auf die Wasseroberfläche entkommend.

Die beiden Boote waren nun so dicht aneinander, dass sie beinahe kollidierten. Dubois und Laurent spürten das Adrenalin in ihren Adern pulsieren, als sie sich auf den entscheidenden Moment vorbereiteten. Girard konnte den verzweifelten und ängstlichen Blick in Reynards Augen sehen, während dieser immer riskantere Manöver wagte, um seiner drohenden Gefangennahme zu entkommen.

Mit einem letzten Aufbäumen der Verzweiflung steuerte Reynard das Boot in eine enge Bucht, umgeben von gefährlichen Felsen und Untiefen. Doch Girard ließ sich nicht beirren und folgte ihnen entschlossen in das gefährliche Terrain.

In der Bucht wurde die Verfolgungsjagd immer dramatischer. Beide Boote schossen mit hoher Geschwindigkeit durch die Engstelle, wobei sie nur knapp den tödlichen Felsen und Untiefen auswichen. Die Spannung erreichte ihren Höhepunkt, als Reynard versuchte, hinter einer Felsspitze zu verschwinden und Girard für einen Moment aus den Augen verlor.

Dubois und Laurent spürten, wie ihre Hoffnung schwand, als das Fluchtboot plötzlich hinter der Felsspitze verschwand. Doch Girard war nicht bereit, aufzugeben. Er manövrierte das Küstenwachboot geschickt um die Felsen herum und entdeckte zu seiner Erleichterung, dass das Fluchtboot in eine Sackgasse geraten war - sie waren in einer kleinen, felsigen Bucht gefangen.

Lefebvre und Reynard hatten keine andere Wahl, als ihr Boot zu stoppen und sich der unvermeidlichen Konfrontation zu stellen. Girard brachte das Küstenwachboot in Position und hielt es neben dem Fluchtboot, während Dubois und Laurent ihre Waffen zogen und bereit waren, sich den Flüchtigen zu stellen.

Die beiden Boote waren nun so dicht beieinander, dass Dubois und Laurent ohne Probleme auf das Fluchtboot springen konnten. Mit gezogenen Waffen stürmten sie das Boot und nahmen Lefebvre und Reynard fest. Die Verfolgungsjagd war vorüber, und die beiden

Verdächtigen hatten keine andere Wahl, als sich ihrer Verhaftung zu stellen.

Trotz der gefährlichen und nervenaufreibenden Verfolgungsjagd waren Dubois, Laurent und Girard erleichtert, dass sie Lefebvre und Reynard endlich in Gewahrsam hatten. Die Spannung wich einer Mischung aus Erschöpfung und Genugtuung, während sie die beiden Flüchtigen zurück zur Küstenwache brachten.

Reynard, gefesselt und mit dem Rücken gegen die Wand gelehnt, blickte Dubois fest in die Augen und sagte: "Ihr habt uns erwischt, aber wir waren es nicht."

Dubois sagte nur ernüchternd: "Diese Details werden wir beim Verhör klären."

*

Dubois und Laurent führten Lefebvre und Reynard ins Polizeirevier, wo sie auf den Préfet warteten. Die Stimmung im Raum war angespannt und bedrohlich, wie das Schwirren einer aufgezogenen Uhrfeder. Alle warteten gespannt auf das bevorstehende Verhör.

Der Préfet betrat den Raum und nahm seine Position am Kopf des Tisches ein. "Beginnen wir", befahl er mit einer Stimme, die an das Knistern von Eis erinnerte.

Dubois und Laurent verloren keine Zeit und begannen sofort mit den Fragen. Dubois wandte sich Reynard zu, seine Augen kalt wie polierte Stahlkugeln. "Herr Reynard, erklären Sie uns, warum Sie und Frau Lefebvre auf einem Boot flüchteten, wenn Sie unschuldig sind?", fragte er.

Reynard schluckte, seine Augen flackerten nervös. "Wir...

wir hatten Angst. Wir dachten, wenn wir uns stellen, würde man uns nicht glauben", stammelte er, während er versuchte, Haltung zu bewahren.

Laurent fixierte Lefebvre, seine Stimme zischte wie eine Schlange im Gras. "Madame Lefebvre, was genau befürchteten Sie, wenn Sie sich gestellt hätten?"

Lefebvre hob trotzig den Kopf und antwortete mit zitternder Stimme: "Dass wir fälschlicherweise beschuldigt und verurteilt werden. Wir gerieten in Panik und handelten im Kurzschluss."

Der Préfet mischte sich ein, seine Stimme klang wie das Echo eines Sturms in der Ferne. "Das klingt alles sehr bequem, finden Sie nicht? Nach unseren Ermittlungen sind Sie, Herr Reynard, der Entwickler des Algorithmus, und Frau Lefebvre, Sie sind die Assistentin von Thomas De Villeneuve. Beide hatten Zugang zu den Informationen, die für die Tat notwendig waren."

Reynard schluckte erneut und erwiderte: "Aber das bedeutet nicht, dass wir schuldig sind! Wir hatten keinen Grund, Thomas etwas anzutun."

Dubois beugte sich vor, sein Blick scharf wie ein Skalpell. "Dann erklären Sie uns bitte, warum wir Beweise gefunden haben, die auf Ihre Beteiligung hindeuten, wie zum Beispiel Ihre Fingerabdrücke auf den Unterlagen und das Boot, das offensichtlich für eine Flucht vorbereitet wurde."

Reynards Stimme zitterte, während er antwortete: "Die Fingerabdrücke sind kein Beweis. Ich hatte mit den Unterlagen zu tun, weil ich an dem Projekt gearbeitet habe. Und das Boot... es war eine spontane Entscheidung.

Wir hatten Angst." Der Préfet lehnte sich zurück, seine Hände vor ihm gefaltet, und sein Blick ruhte auf den beiden Verdächtigen wie das Auge eines Falken. "Das alles klingt sehr dünn. Und warum sollten Sie fliehen, wenn Sie unschuldig sind? Nur Schuldige haben etwas zu verbergen."

Lefebvre presste die Lippen zusammen, bevor sie antwortete: "Wir haben uns von der Situation überwältigt gefühlt. Die Angst vor falschen Beschuldigungen und einem unfairen Prozess hat uns dazu getrieben, wegzulaufen."

Laurent schüttelte den Kopf, seine Miene zeigte Skepsis. "Sehr bequem. Aber die Beweise sprechen gegen Sie. Wir wissen, dass es Konflikte zwischen Ihnen, Herr Reynard, und Thomas De Villeneuve gab. Herr Moreau, Ihr Konkurrent, hat uns das bestätigt."

Reynard runzelte die Stirn und entgegnete: "Moreau? Der hat doch selbst ein Motiv, uns zu beschuldigen. Er ist unser Konkurrent!"

Dubois fixierte ihn und sagte: "Das mögen Sie vielleicht glauben, aber die Beweise gegen Sie sind erdrückend."

Lefebvre und Reynard tauschten einen verzweifelten Blick. "Bitte, Sie müssen uns glauben", flehte Lefebvre. "Wir sind unschuldig. Wir haben Thomas nichts angetan."

Der Préfet seufzte und wandte sich an Dubois und Laurent. "Finden Sie weitere Beweise, die ihre Schuld zweifelsfrei belegen. Andernfalls haben wir keine andere Wahl, als sie gehen zu lassen."

Dubois und Laurent verließen den Raum, um die

Ermittlungen fortzusetzen. Trotz ihrer intensiven Suche konnten sie jedoch keine handfesten Beweise finden, die Lefebvre und Reynard direkt mit der Tat in Verbindung brachten.

Enttäuscht und frustriert kehrten sie zum Verhörraum zurück. Der Préfet sah sie mit ernster Miene an. "Also gut", sagte er schließlich. "Da wir keine ausreichenden Beweise gegen Sie haben, müssen wir Sie freilassen. Sie dürfen jedoch für die nächste Zeit St. Tropez nicht verlassen und müssen für Rückfragen in kürzester Zeit verfügbar sein."

Lefebvre und Reynard nickten zustimmend, sichtlich erleichtert. "Wir werden kooperieren", versicherte Reynard. "Wir wollen nur unsere Unschuld beweisen."

Der Préfet musterte sie noch einmal, bevor er den Raum verließ. Dubois und Laurent konnten ihre Enttäuschung nicht verbergen.

Der Préfet, ein Mann von aristokratischer Eleganz, legte seine Hand auf Dubois' Schulter und blickte ihm eindringlich ins Antlitz. "Ich verstehe eure Enttäuschung", sagte er mit sanfter, aber entschiedener Stimme. "Doch wir dürfen nicht vergessen, dass unsere Aufgabe noch lange nicht beendet ist. Wir müssen diesen Fall aufklären, nicht nur für uns, sondern auch für die Bewohner von St. Tropez. Sie haben ein Recht auf Sicherheit und Frieden."

Laurent nickte zustimmend, und trotz der Enttäuschung war auf seiner Miene eine unbeugsame Entschlossenheit zu erkennen. "Sie haben recht, Préfet. Wir dürfen nicht aufgeben."

Der Préfet wandte sich nun auch an Laurent und sprach mit überlegter, gelassener Stimme: "Ich möchte, dass ihr beide euch nochmals alle Beweise, Fotos und Überwachungsaufnahmen genauestens anseht. Es ist durchaus möglich, dass uns etwas entgangen ist. Oftmals verbirgt sich die Wahrheit in den unscheinbarsten Details."

Dubois und Laurent schauten sich beide an, aber schnauften vor Müdigkeit. Es war schon sehr spät geworden. Der Préfet merkte ihre Erschöpfung und sagte: "Geht jetzt Heim. Heute Abend können wir sowieso nichts mehr machen. Morgen früh durchforstet ihr alle Quellen und Beweismittel erneut. Nimmt euch so viele Leute aus dem Revier, wie ihr braucht."

*

Nach einem langen Tag voller Ermittlungen und Enttäuschungen beschloss Dubois, sich in die Bar "Le Vieux Moulin" in St. Tropez zurückzuziehen. Der Himmel war von einem tiefen, samtenen Blau überzogen, als Dubois das Polizeirevier verließ und sich auf den Weg zur Bar machte. Die Straßenlaternen warfen ihre schummrigen Lichtkegel auf die gepflasterten Gassen der Altstadt, während Dubois die vertrauten Wege beschritt, die ihn zu seinem Ziel führen sollten.

Als Dubois schließlich "Le Vieux Moulin" erreichte, öffnete sich ihm eine Welt voller Wärme und Gelassenheit. Die Bar war in sanftes Licht getaucht, und die urigen Holzbalken verliehen dem Raum eine behagliche Atmosphäre. An den Wänden hingen alte Gemälde, die Geschichten längst vergangener Zeiten erzählten.

In einer Ecke der Bar saßen Dubois' Freunde, die bei seinem Eintreten sogleich herzlich lachten und winkten. Er trat zu ihnen und ließ sich auf einem der gemütlichen, mit bordeauxroten Samtkissen ausgepolsterten Stühle nieder.

Seine Freunde, unter ihnen der Maler Henri, der Schriftsteller Paul und die charmante Jacqueline, eine Schneiderin, erkannten sofort, dass Dubois erschöpft und ausgelaugt wirkte. Doch statt ihn nach den Ermittlungen zu fragen, entschieden sie sich, ihn mit banalen, alltäglichen Gesprächen abzulenken.

"Also, Henri", begann Paul, während er einen Schluck von seinem schweren Rotwein nahm, "wie läuft es mit deinem neuesten Gemälde? Ich hörte, du widmest dich nun der impressionistischen Malerei."

Henri lachte und rieb sich das Kinn. "Nun, es ist eine interessante Herausforderung. Ich versuche, das Licht und die Farben von St. Tropez einzufangen, aber es ist gar nicht so einfach, wie es klingt."

"Ah, das klingt faszinierend", erwiderte Jacqueline, die mit ihrem filigranen, silbernen Löffelchen in ihrer Tasse Espresso rührte. "Ich habe letzte Woche ein neues Geschäft entdeckt, das wunderschöne Stoffe verkauft. Dort habe ich diese herrliche Seide gefunden, die wie flüssiges Gold schimmert. Ich werde daraus ein Kleid für meine Nichte nähen."

Dubois lächelte leicht, als er seinen Freunden zuhörte. Es tat ihm gut, die trivialen Belange des Alltags zu besprechen und seinen Geist von den Ermittlungen abzulenken.

"Ich habe gehört, dass im Hafen ein neues Fischrestaurant eröffnet hat", warf Paul ein. "Angeblich sollen sie die beste Bouillabaisse der Stadt servieren. Vielleicht sollten wir es einmal ausprobieren."

"Das ist eine großartige Idee!", stimmte Henri zu. "Wir könnten uns nächste Woche dort treffen und einen schönen Abend verbringen."

Die Freunde plauderten noch eine Weile über ihre Pläne, und Dubois spürte, wie die Anspannung allmählich von ihm abfiel. Der angenehme Klang ihrer Stimmen und das warme, einladende Ambiente der Bar wirkten wie ein heilender Balsam auf seine Seele.

"Und was ist mit dir, Dubois?", fragte schließlich Jacqueline, die ihn aufmerksam beobachtete. "Wie verbringst du deine freie Zeit, wenn du nicht gerade ermittelst? Hast du dir schon das neue Theaterstück im 'Théâtre de la Renaissance' angesehen?"

Dubois lächelte und schüttelte den Kopf. "Nein, noch nicht. Aber es steht auf meiner Liste. Ich habe gehört, dass es eine beeindruckende Inszenierung sein soll."

Paul nickte zustimmend. "Oh ja, das habe ich auch gehört. Vielleicht könnten wir alle zusammengehen. Das wäre doch ein schöner Abend, oder?"

Die Freunde stimmten begeistert zu, und so verbrachten sie den Rest des Abends damit, Pläne für gemeinsame Unternehmungen zu schmieden. Plötzlich erinnerte sich Jacqueline an etwas Wichtiges.

"Oh, ich hätte es fast vergessen!", rief sie aus. "In zwei Tagen habe ich Geburtstag, und ich möchte euch alle zu einem Essen im Restaurant 'Le Jardin des Saveurs' einladen. Es ist ein wunderbarer Ort mit einem bezaubernden Garten und exquisiter Küche. Wie wäre es damit?"

Die Freunde nahmen die Einladung freudig an und versprachen, gemeinsam einen unvergesslichen Abend zu verbringen. Es tat Dubois unglaublich gut, sich einmal nicht mit dem belastenden Fall auseinandersetzen zu müssen, der ihn in den letzten Tagen so sehr in Beschlag genommen hatte.

Als der Abend langsam dem Ende zuging und die ersten Sterne am nächtlichen Firmament aufleuchteten, verabschiedete sich Dubois von seinen Freunden und machte sich auf den Heimweg. Die Stunden der Entspannung und des fröhlichen Beisammenseins hatten ihm neue Kraft und Zuversicht gegeben.

Während er durch die stillen Gassen von St. Tropez schlenderte, spürte er, wie die Lebensfreude wieder in ihm erwachte. Er war sich sicher, dass er und sein Partner Laurent dem Täter auf die Schliche kommen würden, und dass sie den Fall bald lösen würden.

Mit diesem Gedanken im Hinterkopf und dem Gefühl der Erneuerung in seinem Herzen, kehrte Dubois in seine Wohnung zurück. Er wusste, dass der kommende Tag weitere Herausforderungen und möglicherweise entscheidende Wendungen bringen würde. Doch dank der Unterstützung und Freundschaft seiner Weggefährten war er nun gewappnet, um sich diesen Aufgaben mit neuer Energie und Entschlossenheit zu stellen.

Kapitel 6 – Der sechste Tag nach dem Mord

Dubois erwachte in den frühen Morgenstunden, als die ersten Sonnenstrahlen durch die Ritzen seiner Jalousien drangen. Trotz der friedlichen Atmosphäre in seinem Schlafzimmer fühlte er sich gedanklich ermüdet. Sein Geist kreiste unablässig um den Fall, an dem er arbeitete, doch ihm wollte keine zündende Idee kommen. Er seufzte schwer, während er sich aus dem Bett schälte und beschloss, dass er zunächst etwas für seinen Körper tun sollte, um seinen Geist von den verworrenen Gedanken zu befreien.

Dubois begann seinen Morgensport mit einigen Dehnübungen, um seine Muskeln aufzuwärmen. Anschließend führte er Liegestütze aus, wobei er sich auf seinen kräftigen Armen abstützte und seinen Körper in einer perfekt geraden Linie hielt. Um seinen Rumpf zu stärken, wechselte er zu Rumpfbeugen, bei denen er mit konzentriertem Blick auf die Zimmerdecke seine Bauchmuskeln anspannte. Zuletzt widmete er sich Kniebeugen, um seine Beinmuskulatur zu kräftigen.

Nachdem er seinen Körper ausgiebig trainiert hatte, ging er ins Badezimmer und duschte sich ab. Frisch und erfrischt zog er sich an: eine beige Chino Hose, die seine schlanke Silhouette betonte, ein dunkelblaues Leinenhemd, das seine breite Brust zur Geltung brachte, und ein Paar lässige Sneakers. Als er sich im Spiegel betrachtete, nickte er zufrieden. Dubois wusste, dass er stets auf sein Äußeres achtete, um nicht nur professionell, sondern auch gepflegt auszusehen.

Schließlich verließ Dubois seine Wohnung und stieg in sein Auto. Die Fahrt nach St. Tropez war wie eine meditative Reise, bei der er sich von der sanften Melodie des Motors und den vorbeiziehenden Landschaften trösten ließ. Er passierte Olivenhaine, deren Blätter im Morgenlicht wie silbernes Konfetti schimmerten, und Weinberge, die sich wie samtene Schals über die Hügel legten.

Als Dubois St. Tropez erreichte, steuerte er ein charmantes Café namens "La Petite Tasse" an, das er seit Jahren kannte und schätzte. Das Café war ein gemütlicher Ort, in dem sich Einheimische und Besucher gleichermaßen wohlfühlten. Er nahm an einem kleinen Tisch in der Ecke Platz und lächelte dem Kellner zu, der ihn bereits seit Jahren bediente.

"Bonjour, Monsieur Dubois", begrüßte der Kellner ihn fröhlich. "Das Übliche?"

Dubois nickte und schmunzelte. "Ja, das wäre wunderbar, danke."

Wenige Minuten später servierte der Kellner ihm ein köstliches Frühstück bestehend aus einem Croissant, das außen knusprig und innen weich war, frisch gepresstem Orangensaft und einem dampfenden Café au Lait. Während er aß, plauderte er mit dem Kellner über Belanglosigkeiten.

"Wie geht es Ihrer Frau, Jean-Pierre?", fragte Dubois, während er einen Schluck von seinem Café au Lait nahm.

"Oh, sie ist wohlauf, danke der Nachfrage, Monsieur Dubois", antwortete Jean-Pierre, ein Lächeln auf den Lippen. "Sie hat gerade einen Kurs in Aquarellmalerei begonnen und ist ganz begeistert."

Das Lächeln von Dubois wurde breiter, als er sich vorstellte, wie Jean-Pierres Frau mit Pinsel und Farben hantierte. "Das klingt wunderbar. Es ist wichtig, etwas zu finden, das einen erfüllt."

"Ja, das stimmt", stimmte Jean-Pierre zu, während er einen schiefen Blick auf das halb aufgegessene Croissant auf Dubois' Teller warf. "Apropos erfüllend – wie schmeckt Ihnen das Croissant heute? Ich weiß, dass Sie ein Kenner sind."

Dubois lachte leise und nickte zustimmend. "Es ist wie immer köstlich, Jean-Pierre. Die perfekte Balance zwischen knusprig und zart."

Die beiden plauderten noch ein wenig weiter, ehe Jean-Pierre sich entschuldigte, um anderen Gästen Aufmerksamkeit zu schenken. Dubois genoss sein Frühstück in aller Ruhe und ließ die Atmosphäre des Cafés auf sich wirken. Als er schließlich aufbrach, um ins Polizeirevier zu gehen, fühlte er sich gestärkt und bereit, sich erneut dem ungelösten Fall zu widmen.

*

Als er im Revier ankam, waren seine Kollegen bereits eifrig dabei, die gesammelten Beweismittel zu durchforsten. Dubois trat in den Raum und spürte sofort die angespannte Energie, die in der Luft lag. Alle waren bemüht, den Fall endlich zu lösen und der Gerechtigkeit zum Sieg zu verhelfen.

Dubois gesellte sich zu seinem Partner Laurent, der an einem großen Tisch voller Unterlagen und Fotos saß. "Gibt es Neuigkeiten?", erkundigte sich Dubois, während er seinen Blick über die Beweismittel schweifen ließ.

Laurent seufzte und schüttelte den Kopf. "Nichts Greifbares, aber wir können das Puzzle Stück für Stück zusammensetzen. Es ist nur eine Frage der Zeit, bis wir den Täter überführen."

Dubois setzte sich an seinen Schreibtisch und begann, die Korrespondenz zwischen den Mitarbeitern von Trismegistos Solutions durchzusehen. Er hatte das Gefühl, dass er möglicherweise belastendes Material übersehen hatte, das den Fall in eine neue Richtung lenken könnte.

Er fand eine E-Mail-Konversation zwischen Reynard und Lefebvre, die sein Interesse weckte. In einer der E-Mails schrieb Lefebvre: "Antoine, ich mache mir Sorgen. Thomas kommt unseren Plänen immer näher, ich kann es spüren. Was sollen wir tun? - N."

Reynard antwortete: "Liebste Natalie, beruhige dich. Unsere Pläne sind unser Geheimnis, und ich werde sicherstellen, dass es so bleibt. Wir müssen nur vorsichtig sein und aufeinander aufpassen. - A."

Dubois stieß auf eine weitere verdächtige E-Mail von Pierre Bouchard, dem Sicherheitsbeauftragten von Thomas De Villeneuve, an Leclerc, die Ehefrau von Thomas: "Isabelle, ich habe gesehen, wie Thomas sich in letzter Zeit verhält. Ich möchte, dass Sie wissen, dass ich immer für Sie da bin, wenn Sie jemanden zum Reden brauchen. - Pierre."

Isabelle antwortete: "Pierre, das ist sehr aufmerksam von Ihnen. Ich werde auf Ihr Angebot zurückkommen, wenn ich es für notwendig halte. - Isabelle."

Schließlich entdeckte Dubois eine E-Mail von Moreau, dem Konkurrenten von Thomas De Villeneuve, an Michel Dupont, den IT-Experten des Unternehmens: "Michel, ich habe gehört, dass Trismegistos Solutions an einem revolutionären Algorithmus arbeitet. Ich würde gerne mehr darüber erfahren. Könnten wir uns treffen, um darüber zu sprechen? – JPM."

Michel antwortete: "Jean-Paul, danke für Ihr Interesse, aber ich bin leider nicht in der Lage, über unsere Projekte zu sprechen. Ich hoffe, Sie verstehen das. – Michel."

Als Laurent sich die E-Mails ansah, stimmte er Dubois zu, dass sie auf den ersten Blick verdächtig erscheinen könnten. Beide erkannten jedoch schnell, dass es keine konkreten Indizien gab, die einen der Beteiligten direkt mit dem Mord in Verbindung brachten.

"Sieh dir die E-Mail zwischen Lefebvre und Reynard an", sagte Dubois. "Es ist offensichtlich, dass sie eine Affäre haben, aber das allein macht sie nicht zu Mördern."

"Stimmt", stimmte Laurent zu. "Und die E-Mail von Bouchard an Leclerc? Es sieht so aus, als wäre er besorgt um sie, aber das bedeutet nicht, dass er in den Mord verwickelt ist."

"Jean-Pauls E-Mail an Michel ist interessant", fügte Dubois nachdenklich hinzu. "Er ist offensichtlich neugierig auf den Algorithmus, aber das ist nicht überraschend für jemanden in seiner Position."

"Wir haben hier nichts Konkretes, Dubois", seufzte Laurent. "Wir müssen weitersuchen, um den wahren Täter zu finden."

Die beiden Ermittler arbeiteten unermüdlich weiter, um den Mord aufzuklären. Sie wussten, dass sie jeden Stein umdrehen und jedes Detail untersuchen mussten, um der Wahrheit auf den Grund zu gehen. Die E-Mails hatten zwar keine direkten Beweise geliefert, aber sie gaben ihnen zumindest ein besseres Verständnis für die Dynamik innerhalb von Trismegistos Solutions und die Beziehungen zwischen den verschiedenen Charakteren.

Laurent entdeckte, dass Leclerc in finanzielle Schwierigkeiten geraten war und heimlich Geld von ihrem Ehemann De Villeneuve abgezweigt hatte, um ihre Schulden zu begleichen. Dies warf die Frage auf, ob sie ein Motiv für den Mord an ihrem Ehemann gehabt haben könnte.

Dubois und Laurent hatten unzählige Gespräche und Diskussionen, während sie versuchten, die vielen Geheimnisse und verborgenen Motive zu entwirren, die die Charaktere in ihrem Fall umgaben. Sie wussten, dass sie vorsichtig sein mussten, um keine voreiligen Schlüsse zu ziehen, aber sie konnten auch nicht ignorieren, dass jeder der Beteiligten etwas zu verbergen schien.

*

Die bleiernen Schatten der Ermüdung zeichneten sich auf den Gesichtern der Ermittler ab, die im Revier die unzähligen Beweismittel durchforsteten. Jeder einzelne war zutiefst in seine Arbeit vertieft, während sie versuchten, die losen Enden des Falls zusammenzufügen und die Wahrheit hinter dem mysteriösen Mord aufzudecken.

Inmitten des trüben Meeres der Erschöpfung betrat Clarice den Raum, ihre grünen Augen funkelten vor

Entschlossenheit und Energie. Sie erkannte sofort die Erschöpfung, die ihre Kollegen in ihren Klauen hielt, und beschloss, dass es an der Zeit war, etwas dagegen zu unternehmen. Mit einem eleganten und femininen Befehlston, der sowohl Autorität als auch Wärme ausstrahlte, erklärte sie, dass das gesamte Team eine Pause verdient hätte.

"Wir alle haben hart gearbeitet", sagte sie und blickte auf ihre erschöpften Kollegen. "Es ist an der Zeit, dass wir uns ein wenig entspannen und unsere Energien wieder aufladen. Ich schlage vor, dass wir gemeinsam zum Hafen gehen und im Bistro La Voile Rouge essen."

Das Team, bestehend aus sieben erschöpften Ermittlern, schaute überrascht auf, als sie ihren Vorschlag hörten. Trotz ihrer Müdigkeit war das Angebot, das Clarice gemacht hatte, zu verlockend, um es abzulehnen. Gemeinsam machten sie sich auf den Weg zum Bistro, das am malerischen Hafen von St. Tropez gelegen war.

Während sie gingen, erzählte Clarice lustige Anekdoten aus ihrem Leben in St. Tropez, die das Team zum Lachen brachten und dazu beitrugen, ihre Anspannung abzubauen. Eine der Geschichten betraf eine Begegnung, die Clarice in einem der vielen luxuriösen Boutiquen von St. Tropez hatte. Sie war auf der Suche nach einem perfekten Kleid für eine bevorstehende Gala und hatte schließlich ein atemberaubendes rotes Kleid gefunden, das sie unbedingt anprobieren musste.

Als sie jedoch in der Umkleidekabine war, stellte sie fest, dass der Reißverschluss des Kleides klemmte. In ihrer Verzweiflung rief sie um Hilfe, und zu ihrem Erstaunen wurde sie von einer berühmten Schauspielerin gerettet, die zufällig auch in dem Laden war und ihr bei ihrem kleinen Malheur zur Hand ging. Als Clarice später auf der Gala erschien, konnte sie nicht umhin, sich jedes Mal insgeheim zu amüsieren, wenn sie an die unerwartete Begegnung in der Umkleidekabine dachte.

Die Geschichten von Clarice wirkten wie ein Balsam auf die müden Seelen ihrer Kollegen, die ihr Lachen und die heitere Atmosphäre genossen. Jeder Schritt, den sie näher an das Bistro La Voile Rouge herankamen, fühlte sich leichter an, als ob die Last der Ermüdung langsam von ihren Schultern fiel.

Als sie schließlich das Bistro erreichten, wurden sie von der verführerischen Duftpalette der mediterranen Küche begrüßt, die ihre Sinne belebte und ihre Mägen knurren ließ. Das Bistro war ein charmantes, einladendes Lokal, das sich nahtlos in das malerische Hafenviertel einfügte. Seine Terrasse bot einen spektakulären Blick auf die funkelnden Gewässer des Hafens, in denen prächtige Yachten vor Anker lagen.

Sie nahmen an einem großen Tisch Platz, der für sie reserviert worden war, und bestellten eine Auswahl an köstlichen Gerichten, die sie miteinander teilten. Während sie aßen, füllte sich die Luft mit dem Klang von Gelächter und angeregten Gesprächen, die Anspannung und Erschöpfung schienen wie von Zauberhand verflogen zu sein.

Als die Sonne ihren Höhepunkt am strahlend blauen Himmel von St. Tropez erreichte, und die warmen Sonnenstrahlen die Umgebung in ein goldenes Licht tauchten, fühlte sich das Team der Ermittler erfrischt und bereit, sich erneut dem anspruchsvollen Fall zu widmen. Sie waren dankbar für die Pause und die Gelegenheit, ihre Batterien wieder aufzuladen, und noch dankbarer für die einfühlsame Fürsorge von Clarice, die ihnen gezeigt hatte, wie wichtig es ist, auch in den schwierigsten Zeiten auf sich selbst und seine Kollegen zu achten.

Mit neu gewonnener Energie und Entschlossenheit machten sie sich auf den Rückweg zum Revier, fest entschlossen, den Fall zu lösen und Gerechtigkeit für das Opfer zu suchen. Das gemeinsame Erlebnis im Bistro La Voile Rouge hatte das Team noch enger zusammengeschweißt und ihnen gezeigt, dass sie zusammen die Kraft hatten, selbst die größten Herausforderungen zu meistern.

Und während sie durch die engen Gassen von St. Tropez zurück zum Revier schlenderten, die von der strahlenden Mittagssonne erhellt wurden, wussten sie, dass sie ihre Suche nach der Wahrheit mit neuer Entschlossenheit fortsetzen würden. Denn trotz der Schatten, die der Fall auf ihre Seelen geworfen hatte, hatte die gemeinsame Zeit im Bistro ihnen einen Lichtblick der Hoffnung geschenkt und sie daran erinnert, dass es immer noch Freude und Schönheit im Leben gibt - selbst in den dunkelsten Zeiten.

*

Während sie sich auf dem Weg zurück zum Revier befanden, vertraute Dubois Clarice an, dass er zu einer Geburtstagsfeier einer Freundin eingeladen sei und ihr gerne ein besonderes Geschenk machen wollte, doch er hatte keine zündende Idee.

Clarice, stets hilfsbereit und einfallsreich, schlug vor, dass sie eine ausgezeichnete Idee hätte und führte Dubois zu der ältesten Parfümerie von St. Tropez, der "Parfumerie des Lys". Das Geschäft, in einer kleinen, verwinkelten Gasse gelegen, war ein wahres Juwel, das Eleganz und Tradition ausstrahlte. Die Parfümerie war in warmen, erdigen Farben gehalten, und die Regale waren mit den kostbarsten und exklusivsten Duftkreationen bestückt.

Als sie das Geschäft betraten, wurden sie von einer liebenswürdigen Freundin von Clarice begrüßt, die in der Parfümerie arbeitete. Ihr Name war Marguerite, und sie hatte ein feines Gespür für Düfte und ihre Wirkung auf die Menschen. Dubois erklärte, dass er ein Parfüm für seine Freundin Jacqueline suchte, und Marguerite fragte nach ihrem Charakter.

Dubois beschrieb Jacqueline als eine zeitlose Schönheit, deren Eleganz und Anmut von einer unnachahmlichen Aura umgeben waren. Sie war eine Frau, die gleichermaßen Sinnlichkeit und Unschuld verkörperte, deren Wesen von einer tiefen Sehnsucht nach Harmonie und Liebe durchdrungen war. Ihre Präsenz erfüllte den Raum mit einer unwiderstehlichen, doch zugleich zarten Energie, die jeden in ihren Bann zog.

Marguerite nickte zustimmend und führte Dubois und Clarice zu einem exquisiten Flakon, der das Parfüm "L'Air du temps" von Nina Ricci enthielt. Sie sprühte einen Hauch des Duftes auf ihre Handgelenke und ließ sie ihn und Clarice auf sich wirken. Der Duft war wie eine olfaktorische Ode an Jacquelines Charakter, ein harmonisches Gleichgewicht aus sinnlichen und unschuldigen Noten, das den Geist von Eleganz und Anmut perfekt einfing.

"L'Air du temps" entfaltete sich in einer Symphonie von Aromen, die die Sinne betörten und die Seele erfüllten. In der Kopfnote entdeckten sie die spritzige Frische von

Bergamotte und die zarte Süße von Neroli, die sich sanft mit dem sinnlichen Herz aus Jasmin und Gardenie verbanden. Die Basisnote, geprägt von Gartennelken, Sandelholz und Moschus, verlieh dem Duft eine warme, balsamische Tiefe, die das exquisite Bouquet vollendete.

Die Empfindungen, die "L'Air du temps" bei Dubois und Clarice hervorrief, waren ebenso vielschichtig wie der Duft selbst. Sie spürten eine Welle von Nostalgie und Romantik, die sie an vergangene Zeiten erinnerte, in denen die Welt noch voller Geheimnisse und Wunder schien. Der Duft weckte in ihnen eine Sehnsucht nach der Schönheit des Lebens und der Magie der Liebe, die in der Hektik des Alltags oft verborgen bleibt.

Als sie den Duft auf ihrer Haut atmeten, fühlten sie sich wie in einem sommerlichen Garten, umgeben von blühenden Blumen und flirrendem Licht. Sie stellten sich vor, wie Jacqueline, gekleidet in ein luftiges, weißes Kleid, durch diesen Garten wandelte, ihre Schritte so leicht wie der Wind, der durch die Zweige der Bäume strich.

Dubois war überwältigt von der Perfektion des Duftes und wusste, dass er das ideale Geschenk für Jacqueline gefunden hatte. Er bedankte sich bei Marguerite und Clarice für ihre Hilfe und kaufte das Parfüm, das in einer eleganten, schlichten durchsichtigen Geschenkverpackung präsentiert wurde.

Während sie die Parfümerie verließen und sich wieder auf den Weg zum Revier machten, konnte Dubois nicht umhin, immer wieder an den betörenden Duft von "L'Air du temps" zu denken, der nun auf seiner Haut verweilte. Er stellte sich vor, wie Jacqueline das Geschenk auspackte und sich von dem Duft verzaubern ließ, wie er selbst und Clarice es getan hatten.

Dubois und Fontaine erreichten das Revier, wo ihre Kollegen bereits auf sie warteten, bereit, ihre Arbeit an dem Fall wieder aufzunehmen. Dubois und Fontaine tauschten einen dankbaren Blick aus, denn sie wussten, dass diese kleine Ablenkung ihnen neue Kraft und Inspiration geschenkt hatte.

*

Das Team der Ermittler versammelte sich im Revier und arbeitete mit großer Energie und Entschlossenheit an den Informationen, die sie bisher gesammelt hatten. Sie hatten sich auf die Videoaufnahmen der Restaurants konzentriert, die in der Nähe des Tatorts lagen, in der Hoffnung, einen Hinweis auf den Verbleib der beiden Frauen - Isabelle Leclerc und Natalie Lefebvre - zu finden, die sie verdächtigten, in den Mord an Thomas de Villeneuve verwickelt zu sein.

Die Ermittler sichteten die Aufnahmen mehrerer Restaurants, darunter das "Le Petit Tropez", das "Café des Arts" und das "Chez Madeleine". Die Videos zeigten die üblichen Szenen eines belebten Abends in St. Tropez: Gäste, die lachten und plauderten, Kellner, die geschäftig zwischen den Tischen hin- und herhuschten, und die Küchenbrigade, die unermüdlich köstliche Speisen zubereitete. Doch auf keinem der Videos war eine Spur von Leclerc oder Natalie zu finden.

Als sie jedoch die Aufnahmen des "La Table du Marché" betrachteten, einem Restaurant in der Nähe des Place des Lices, entdeckten sie plötzlich eine Frau, die ihre Aufmerksamkeit erregte. Sie trug ein luftiges Sommerkleid und hatte die Statur von Isabelle Leclerc oder Natalie Lefebvre. Ungewöhnlicherweise war sie mit einem Sommerhut und einer Sonnenbrille ausgestattet, obwohl es bereits spät am Abend war.

Die Frau verließ das Restaurant und verharrte auffallend lange im Blickwinkel der Überwachungskamera. Sie hob den Kopf, und die Ermittler hielten den Atem an, denn sie hofften, ihr Gesicht endlich erkennen zu können. Doch die Frau trug immer noch ihre Sonnenbrille, und obwohl sie sie leicht herunterzog, verhinderte die Dunkelheit der Nacht, dass die Ermittler konkrete Gesichts- oder Augenzüge erkennen konnten.

Die geheimnisvolle Frau blickte direkt in die Sicherheitskamera, bevor sie langsam den Kopf senkte und in die Rue de Temple verschwand. Die Ermittler waren sofort alarmiert: Eine Frau, die sowohl Isabelle Leclerc als auch Natalie Lefebvre ähnelte, blickte auffällig lange in die Kamera, trug einen Sommerhut und eine Sonnenbrille mitten in der Nacht und bog in eine zu dieser Zeit einsame Straße ein. Sie waren sich sicher, dass sie die gesuchte Person gefunden hatten, denn Thomas de Villeneuve war in der Avenue de la Résistance aufgefunden worden, nur wenige Schritte von der Rue de Temple entfernt.

Die Ermittler begannen, fieberhaft zu diskutieren, wie sie diese neue Spur verfolgen könnten. "Das kann kein Zufall sein", sagte Dubois, während er die Szene auf dem Bildschirm noch einmal abspielte. "Sie muss gewusst haben, dass die Kamera sie aufzeichnet. Vielleicht wollte sie uns eine Botschaft senden."

"Oder sie hat uns unterschätzt und gedacht, dass wir sie nicht bemerken würden", erwiderte Clarice und runzelte die Stirn. "So oder so, wir sollten uns beeilen und herausfinden, wer sie ist, bevor sie erneut untertaucht."

Die Ermittler beschlossen, sich aufzuteilen und verschiedene Ansätze zu verfolgen. Einige von ihnen würden das "La Table du Marché" und die umliegenden Restaurants besuchen, um herauszufinden, ob jemand die mysteriöse Frau bemerkt hatte oder ob sie dort regelmäßig gesehen wurde. Andere würden in der Rue de Temple und der Avenue de la Résistance Nachforschungen anstellen, um mögliche Zeugen oder Beweise zu finden, die sie der Frau näherbringen könnten.

Dubois und Fontaine begaben sich zum "La Table du Marché" und sprachen mit dem Restaurantbesitzer, Monsieur Martin. Sie zeigten ihm das Standbild der Videoaufnahme und fragten, ob er die Frau erkannte. Monsieur Martin zuckte mit den Schultern und meinte: "Es ist schwierig zu sagen. So viele Menschen kommen und gehen in meinem Restaurant, und sie trägt immerhin eine Sonnenbrille. Aber ich werde mein Personal fragen, ob sie jemandem bekannt vorkommt."

Während sie auf seine Rückkehr warteten, ließen Dubois und Clarice ihren Blick durch das geschäftige Restaurant schweifen, in der Hoffnung, die geheimnisvolle Frau vielleicht erneut zu entdecken. Doch sie schienen kein Glück zu haben.

Monsieur Martin kehrte schließlich mit einer Kellnerin zurück, die angab, die Frau auf dem Bild möglicherweise zu erkennen. "Ich bin mir nicht sicher, aber sie erinnert mich an eine Kundin, die vor einigen Wochen hier war", sagte sie zögerlich. "Sie saß allein und schien ziemlich nervös. Ich erinnere mich, weil sie mich gebeten hat, ein Glas Wasser mit Zitrone zu servieren - und das ist ziemlich ungewöhnlich hier - in einem Restaurant unserer Qualität."

Die Information war dünn, aber es war ein Anfang. Dubois und Clarice dankten der Kellnerin und Monsieur Martin und eilten zurück zum Revier, um ihre Entdeckung mit den anderen zu teilen.

In der Zwischenzeit hatten die anderen Ermittler in der Rue de Temple und der Avenue de la Résistance Zeugen befragt und die Umgebung nach Hinweisen durchsucht. Einer von ihnen hatte sogar eine Überwachungskamera entdeckt, die einen Teil der Rue de Temple erfasste. Sie hofften, dass die Kamera die geheimnisvolle Frau aufgenommen hatte und sie so weitere Informationen über ihre Identität und ihre Absichten erhalten könnten.

Als das Team wieder im Revier versammelt war, sichteten sie gemeinsam die Aufnahmen der neuen Kamera. Zu ihrer Überraschung und Frustration zeigte das Video die Frau erneut, doch sie trug noch immer den Sommerhut und die Sonnenbrille. Sie blickte kurz in die Kamera, bevor sie in eine kleine Gasse verschwand, die anscheinend in ein Labyrinth aus verwinkelten Gassen und Passagen mündete.

Trotz des Mangels an konkreten Informationen war das Team entschlossener denn je, die Identität der mysteriösen Frau aufzudecken.

Einer der Ermittler, Inspektor Remy, hatte plötzlich eine Idee. "Habt ihr daran gedacht, die Fotos der Wohnungen der Verdächtigen und der Familie des Opfers zu überprüfen? Vielleicht können wir den Sommerhut darauf entdecken." Der Hut war auffällig: ein breitkrempiger Strohhut, mit einer eleganten schwarzen Schleife, die in einer kunstvollen Schlaufe gebunden war. An einer Seite war eine zarte, handgemalte Hortensie angebracht, deren Farben von zartem Blau bis hin zu kräftigem Violett reichten.

Sie begannen mit den Fotos von Leclercs Wohnung. Die Ermittler betrachteten die Bilder ihrer Küche, die in hellen Farben gestaltet war und mit Kupferutensilien dekoriert. An den Wänden hingen gerahmte Rezepte und nostalgische Kochbuchcover. Im Wohnzimmer sah man ein gemütliches Sofa, auf dem viele Kissen lagen, und einen niedrigen Couchtisch, der von mehreren Kunstbänden bedeckt war. Die Wände waren mit impressionistischen Gemälden geschmückt, die an die großen französischen Meister erinnerten.

Als sie die Fotos vom Schlafzimmer durchsahen, bemerkten sie die fein gearbeiteten Holzmöbel und die seidene Bettwäsche, die auf dem prächtigen Bett lag. Der Raum war in sanften Pastelltönen gehalten und strahlte eine beruhigende Atmosphäre aus. Die Ermittler konzentrierten sich auf die Fotos der Kleiderschränke, die bis zum Rand mit sorgfältig gefalteten und aufgehängten Kleidungsstücken gefüllt waren. Sie suchten systematisch durch jedes Foto, in der Hoffnung, den unverwechselbaren Sommerhut zu entdecken, doch sie wurden nicht fündig.

Währenddessen setzte sich ein anderer Ermittler daran, die persönlichen Fotos auf dem Handy des Opfers zu durchforsten. Die Anderen spürten die Spannung in der Luft, während sie über seine Schulter blickten. Sie sahen Aufnahmen von Familienfeiern, Urlauben und zufälligen Momenten des Alltags, doch der Hut schien nirgends aufzutauchen.

Doch dann, als sie kurz davor waren, aufzugeben,

entdeckte der Ermittler ein Foto, das ihr Interesse weckte. Es war ein Selfie, das Leclerc vor vier Monaten aufgenommen hatte. Sie trug den gesuchten Sommerhut, der ihre zierlichen Gesichtszüge elegant umrahmte. Der Hut war ein Meisterwerk der Handwerkskunst, mit einer breiten Krempe, die ihr Gesicht vor der Sommersonne schützte. Die schwarze Schleife war eine exquisite Ergänzung, die den Strohhut zu einem wahren Hingucker machte. Die handgemalte Hortensie schien fast lebendig und fügte eine zusätzliche Note von Eleganz und Farbe hinzu.

Die Ermittler starrten auf das Bild, ein Mosaik aus Erleichterung und Sorge über ihre Gesichter gelegt zeichnend. Inspektor Remy brach die Stille. "Das ist definitiv der Hut! Wir sollten schnellstmöglich zu Madame Leclerc fahren und diese Sache klären!"

*

Während Dubois und Laurent die Küstenstraße entlangfuhren, bot sich ihnen ein atemberaubender Anblick. Die Sonne neigte sich langsam dem Horizont zu und tauchte das Meer in ein beeindruckendes Farbspektrum. Die flammenden Rottöne vermischten sich mit sanften Orange- und Rosanuancen, die schließlich in ein tiefes Violett übergingen, bevor sie vom Indigoblau des Ozeans verschluckt wurden. Die schroffen Felsen, die die Küste säumten, warfen lange Schatten auf die glitzernde Wasseroberfläche und verliehen der Szenerie eine fast surreale Atmosphäre.

Laurent konnte nicht umhin, seine Bewunderung auszudrücken: "Wahrhaftig, Dubois, ich habe schon viele Sonnenuntergänge gesehen, aber dieser hier übertrifft sie alle. Es ist, als würde Mutter Natur selbst ein Gemälde für uns erschaffen."

Dubois stimmte ihm zu. "Es ist ein wahrer Augenschmaus, mein Freund. Die Farben sind so intensiv, dass sie fast greifbar scheinen. Es ist, als könnten wir die Wärme der Sonnenstrahlen und die Kühle des Ozeans gleichzeitig spüren."

Sie fuhren schweigend weiter und ließen das Farbenspiel des Himmels auf sich wirken, während sie sich dem Anwesen von Leclerc näherten. Als sie endlich ankamen, klingelten sie an der Tür, in gespannter Erwartung dessen, was sie erfahren würden.

Die Zeit schien stillzustehen, während sie darauf warteten, dass Madame Leclerc die Tür öffnete. Schließlich erschien sie, und Commissaire Dubois bat höflich um Einlass, da sie wichtige Fragen im Zusammenhang mit dem Fall zu stellen hatten.

Madame Leclerc gewährte ihnen den Zutritt, und die beiden Ermittler betraten das Haus. Die Atmosphäre war warm und einladend. Gedimmte Lichter erhellten den Raum, und zahlreiche Stehlampen mit sanftem, warmem Licht sorgten für eine behagliche Stimmung. Die Tür zum Garten stand offen, und durch die deckenhohen Fenster, die kunstvoll in das alte Gemäuer eingelassen waren, konnten sie die Farbenpracht des Sonnenuntergangs genießen.

Die Szene, die sich ihnen bot, war beinahe magisch. Die verbleibenden Sonnenstrahlen strichen durch die Fenster und verliehen dem Raum eine besondere Leuchtkraft. In ihren goldenen Strahlen tanzten winzige Staubpartikel wie funkelnde Sterne. Die Schatten der Pflanzen im Garten zeichneten filigrane Muster auf den Boden und die

Wände des Hauses.

Die Farben des Sonnenuntergangs, die sich im Hintergrund abzeichneten, verstärkten das Gefühl von Wärme und Geborgenheit noch. Ein intensives Rot verschmolz mit leuchtendem Orange, bevor es sanft in Rosa überging. Das Rosa wurde allmählich von einem kräftigen Violett abgelöst, das sich schließlich dem Dunkelblau des Nachthimmels hingab. Diese Farbpalette, die sich im Hintergrund erstreckte, wirkte wie ein Gemälde eines begnadeten Künstlers, der die Schönheit des Moments einzufangen verstand.

Dubois und Laurent konnten nicht umhin, sich von dieser Atmosphäre beeindrucken zu lassen, während sie sich auf ihre Fragen vorbereiteten. Dennoch waren sie sich bewusst, dass sie hier waren, um wichtige Ermittlungen durchzuführen, und sie versuchten, sich auf ihre Arbeit zu konzentrieren.

Madame Leclerc führte sie in ein gemütliches Wohnzimmer, wo sie sich auf samtbezogenen Sesseln niederließen. Die Wände waren mit kunstvollen Wandteppichen und antiken Gemälden geschmückt, die von einer vergangenen Epoche erzählten. Der Raum roch nach altem Holz, würzigem Lavendel und einer leichten Brise von Jasmin, die durch die offenen Fenster hereinwehte.

Leclerc runzelte die Stirn, als sie von den Ermittlern nach den Details ihres Outfits an jenem Abend gefragt wurde. Ihre Augen verrieten ein Gefühl von Verwirrung und Unsicherheit, doch sie versuchte, ihre Gedanken zu ordnen. "Ich erinnere mich, dass ich ein weißes Leinenkleid und hellbraune Ledersandalen trug", sagte sie nach einer Weile. "Ich war zuvor am Strand mit einer

Freundin, deshalb trug ich dieses Outfit."

Commissaire Dubois und Inspektor Laurent tauschten einen bedeutungsvollen Blick aus, bevor sie ihre nächste Frage stellten. "Haben Sie an diesem Abend einen Sommerhut getragen, Madame Leclerc?"

Isabelle zögerte einen Moment und nickte dann. "Ja, das habe ich. Ich trug einen Hut, um mich vor der Sonne zu schützen." Die Ermittler baten sie höflich, ihnen den besagten Hut zu zeigen. Mit einem misstrauischen Blick auf die beiden Männer stand sie auf und ging in ihr Schlafzimmer, um den Hut zu holen.

Der Sommerhut, den Leclerc aus dem Schlafzimmer brachte, war ein elegantes Exemplar. Er war aus feinem, cremefarbenem Stroh gefertigt, mit einer breiten Krempe, die von einer zarten Schleife aus champagnerfarbenem Seidenband umschlungen war. Einzelne Perlmuttblumen und kleine Kristalle waren geschickt in das Band eingearbeitet, was dem Hut eine exquisite und erlesene Anmutung verlieh.

Dubois und Laurent nahmen sich einen Moment Zeit, den Hut genau zu untersuchen, in der Hoffnung, dass sie einen Beweis finden würden, der den Fall voranbringen könnte. Doch zu ihrer Enttäuschung stellten sie fest, dass der Hut keinerlei Beweise enthielt, die sie direkt mit dem Mord in Verbindung bringen konnten.

Mit einem resignierten Seufzer zeigten sie Leclerc die Fotos von der Überwachungskamera. "Erkennen Sie die Person auf diesen Bildern, Madame Leclerc?"

Isabelle starrte auf die Fotos, schüttelte dann vehement den Kopf. "Nein, das bin ich nicht. Ich weiß nicht, wer das ist, aber das bin definitiv nicht ich."

Die Ermittler zeigten ihr daraufhin das Selfie, auf dem sie zusammen mit ihrem verstorbenen Ehemann Thomas De Villeneuve zu sehen war. Auf dem Bild trug sie denselben Hut wie die Frau auf den Überwachungsfotos. Commissaire Dubois sprach mit fester Stimme: "Madame Leclerc, es kann kein Zufall sein. Die Frau auf den Kamerabildern hat dieselbe Statur wie Sie, sie trägt einen Hut, den wir auch auf diesem Selfie mit Ihrem Ehemann entdeckt haben, und sie wurde in der Nähe des Tatorts gesehen. Sie müssen zugeben, dass dies sehr verdächtig wirkt."

Leclerc zitterte leicht, als sie das Selfie betrachtete. Sie schluckte schwer und rang um Worte, während ihr Blick zwischen den beiden Ermittlern hin- und herwanderte. "Ich... Ich verstehe, warum Sie das denken, aber ich schwöre, das war ich nicht. Ich weiß nicht, wie ich es Ihnen beweisen soll, aber ich bin unschuldig."

Ihre Stimme klang brüchig und flehend, während sie verzweifelt versuchte, ihre Unschuld zu beteuern. Dubois und Laurent spürten, dass sie an einem entscheidenden Punkt ihrer Ermittlungen angelangt waren, und sie mussten diese Gelegenheit nutzen, um die Wahrheit ans Licht zu bringen.

Isabelles Offenbarung schlug ein wie eine Bombe. Ihre Stimme war eindringlich und voller Überzeugung, als sie weitererzählte: "Wir waren in einem Restaurant am Hafen, das 'Le Jardin des Délices' hieß. Es war ein wunderschöner Abend, und Nathalie war so begeistert von meinem Hut, dass ich ihn ihr einfach geben musste. Sie schien so glücklich damit zu sein, und ich dachte, es wäre ein nettes Geschenk."

Commissaire Dubois war wie erstarrt. Die neuen Informationen eröffneten eine völlig neue Richtung in ihren Ermittlungen. Sein Geist raste, seine Gedanken wirbelten wie ein wilder Strudel aus Emotionen, Vermutungen und potenziellen Motiven. Er dachte an die zahlreichen Male, in denen er und sein Team die Spuren verfolgt hatten, die sie zu Nathalie und Antoine führten. Wie ein Puzzleteil nach dem anderen schien sich nun zusammenzufügen, um ein Bild zu formen, das zwar erschreckend, aber möglicherweise die Wahrheit war.

"Was, wenn Nathalie und Antoine tatsächlich hinter dem Mord stehen?" überlegte Dubois. "Was, wenn ihre Flucht nach Monaco nur ein geschickter Schachzug war, um ihre Verwicklung in den Mord zu verschleiern? Was, wenn sie nach der Flucht auf dem Revier nur Lügen erzählt haben, um der Verhaftung zu entgehen?"

Die Vorstellung, dass die beiden sich womöglich die ganze Zeit über vor seinen Augen versteckt hatten und eine perfekte Maske des unschuldigen Paares aufrechterhielten, ließ Dubois' Blut in seinen Adern gefrieren. "Hatten sie die ganze Zeit über ein perfektes Doppelleben geführt, um ihre wahren Absichten und Pläne zu verbergen?" fragte er sich. "Und wie weit würden sie gehen, um ihre dunklen Geheimnisse zu schützen?"

Während Dubois' Gedanken weiterhin rasten, sah er in seinem Geiste all die kleinen Details, die ihm zuvor entgangen waren: Nathalies nervöse Gesten während ihrer Vernehmung, die Bootsflucht nach Monaco und die seltsamen Probleme auf den Servern. Alle diese Fakten schienen plötzlich wie Teile eines riesigen, schrecklichen Puzzles zusammenzupassen.

Laurent beobachtete Dubois genau und spürte die Anspannung, die seinen Partner ergriffen hatte. "Commissaire, wir müssen herausfinden, ob an Isabelles Geschichte etwas dran ist. Wenn Nathalie tatsächlich den Hut hatte, könnte das bedeuten, dass sie etwas mit dem Mord zu tun hat. Wir müssen sie und Antoine erneut befragen und ihnen auf den Zahn fühlen. Vielleicht können wir so die Wahrheit ans Licht bringen."

Dubois nickte zustimmend und warf Isabelle einen entschlossenen Blick zu. "Madame Leclerc, wir danken Ihnen für Ihre Informationen. Wir werden die Sache weiterverfolgen und alles tun, um die Wahrheit herauszufinden. Es ist von größter Bedeutung, dass wir die Schuldigen zur Rechenschaft ziehen und Gerechtigkeit für das Opfer und seine Familie finden."

Isabelle wirkte besorgt, aber auch entschlossen. "Ich möchte nur helfen, Commissaire. Wenn meine Informationen dazu beitragen können, den Fall zu lösen, dann zögern Sie nicht, auf mich zuzukommen."

Die beiden Ermittler verabschiedeten sich von Isabelle und verließen das Anwesen. Als sie in ihrem Auto saßen, schwor Dubois, dass er alles tun würde, um die Wahrheit herauszufinden. Die Sonne war inzwischen vollständig untergegangen, und die Dunkelheit der Nacht hüllte die Straßen in ein geheimnisvolles Schwarz. Dubois startete den Motor, und sie machten sich auf den Weg zurück ins Polizeirevier, um ihre nächsten Schritte zu planen.

Während der Fahrt sprach Dubois seine Gedanken laut aus: "Laurent, wir müssen uns noch einmal mit Nathalie und Antoine treffen. Vielleicht haben wir bei unserer ersten Befragung etwas übersehen oder sie waren einfach zu geschickt, um uns die Wahrheit sagen zu müssen. Aber jetzt, mit diesen neuen Informationen, können wir sie vielleicht aus der Reserve locken und sie dazu bringen, Fehler zu machen."

*

Dubois warf einen Blick auf seine Uhr: 21 Uhr. Er dachte an die Situation und entschied, dass es keine unpassende Zeit gab, um potenzielle Mörder festzunehmen. Sie fuhren so schnell sie konnten zum Anwesen von Lefebvre und Reynard. Schon in der Ferne konnten sie sehen, dass das Haus lichtdurchströmt war - ein Zeichen, dass sie noch auf waren. Dubois und Laurent hielten mit quietschenden Reifen vor dem Anwesen und hämmerten gegen die Tür.

Reynard öffnete die Tür mit einem Ruck. Er stand vor ihnen mit einem Glas Wein in der Hand und trug ein elegant legeres Outfit: eine maßgeschneiderte, anthrazitfarbene Leinenhose, die seine schlanke Statur betonte, ein seidiges, hellblaues Hemd, dessen Ärmel lässig aufgekrempelt waren, und schwarze Wildlederloafers. Eine dezente, silberne Halskette mit einem kleinen Anhänger baumelte um seinen Hals.

Ohne Einladung betraten Dubois und Laurent das Haus. Sie fanden sich in einem großzügigen Wohnzimmer wieder, das nahtlos in die Küche und das Esszimmer überging. Alles war in einem skandinavischen Stil eingerichtet: helle Holzböden, minimalistische Möbel mit klaren Linien und sanfte, natürliche Farben. An einer Wand hing ein großes, abstraktes Gemälde in verschiedenen Blautönen, das die Weite des Meeres suggerierte. Ein kuscheliger Hochflorteppich lag vor einem modernen Kamin, auf dem einige Kerzen brannten.

Reynard war empört. "Was fällt Ihnen ein, einfach so in mein Haus zu platzen? Wir haben Gäste!" In der Tat waren vier Personen im Raum: Eine elegante Dame in den Fünfzigern mit einer perlweißen Perlenkette und einer modischen Brille, ein junger Mann mit einer Stoppelglatze und einem gestreiften Polohemd, eine attraktive Frau um die dreißig mit langen, lockigen Haaren und einem schicken, roten Samtkleid und ein Herr in den Vierzigern, der eine auffällige Krawatte und ein Tweed Sakko trug.

In diesem Moment erschien Lefebvre auf der Treppe. Sie trug ein bezauberndes Sommerkleid aus hauchdünnem Chiffon. Das Kleid war in verschiedenen Pastellfarben gehalten, die an ein impressionistisches Gemälde erinnerten. Es hatte filigrane Spaghettiträger und fiel fließend bis zu ihren Knöcheln. Ein zarter Gürtel aus geflochtenem Stoff betonte ihre schmale Taille.

Commissaire Dubois erklärte, dass es äußerst dringend sei und sie mit Antoine und Nathalie unter vier Augen sprechen müssten. Antoine führte sie widerwillig in sein Arbeitszimmer. Das Arbeitszimmer war im indischen Kolonialstil eingerichtet, was eine sofortige beruhigende Wirkung auf die angespannte Situation hatte. Ein großer, dunkler Holzschreibtisch stand in der Mitte des Raums, umgeben von antiken Bücherregalen und edlen Kunstgegenständen. Ein prächtiger, dunkelgrüner Teppich bedeckte den Boden, während schwere Samtvorhänge die Fenster schmückten. Ein bequemer Ledersessel und ein kleines Sofa luden zum Verweilen ein. Auf dem Schreibtisch standen neben einer eleganten Tischlampe, auch eine Reihe von Fotorahmen, in denen Erinnerungen an glückliche Zeiten festgehalten waren.

Dubois und Laurent betraten den Raum und schlossen die Tür hinter sich. Die Atmosphäre war angespannt, doch die Einrichtung und das gedämpfte Licht sorgten für eine gewisse Ruhe. Dubois begann, seine Verdachtsmomente und die neuen Informationen, die sie von Isabelle erhalten hatten, darzulegen.

Antoine und Nathalie hörten aufmerksam zu, während ihre Gesichter eine Mischung aus Überraschung, Besorgnis und Unverständnis zeigten. Nathalie bestätigte, dass Isabelle ihr den besagten Hut geschenkt hatte, und erklärte, dass sie ihn an jenem Abend getragen hatte, als sie und Antoine das Haus verlassen hatten, um sich mit Freunden zu treffen. Sie beteuerten jedoch vehement, nichts mit dem Mord zu tun zu haben.

"Erinnern Sie sich an den besonderen Geschmack des Weins, den Sie an jenem Abend im La Vague d'Or getrunken haben?", fragte Dubois, während er einen seiner Finger über die Armlehne des Sessels gleiten ließ.

Lefebvre und Reynard zögerten, bevor sie ihre Angaben bestätigten. Die beiden Ermittler spürten, dass etwas in deren Antworten nicht stimmte. Als Dubois Lefebvre das Foto von der Überwachungskamera zeigte und fragte, ob sie die Person darauf sei, begann sie plötzlich zu zittern.

"Ich... ich bin das nicht", stammelte sie und wich dem Blick des Commissaires aus.

Laurent fragte, ob das ihr Hut sei, und Lefebvre zögerte erneut, bevor sie schwieg. Dubois enthüllte daraufhin, dass Isabelle ihr diesen Hut geschenkt hatte, und zählte die vielen Zufälle auf, die sich im Laufe der Ermittlungen angesammelt hatten. Lefebvre leugnete weiterhin vehement, die Person auf den Aufnahmen zu sein.

In diesem Moment erinnerte sie sich an den Abend, an dem Isabelle ihr den Hut geschenkt hatte. Sie erzählte, wie Isabelle ihr von ihrer eigenen Vorliebe für elegante Sommerhüte erzählt hatte und dass sie einen zweiten identischen Hut besaß.

Dubois und Laurent sanken erschöpft in die überdimensionalen Ledersessel und begannen, laut über die möglichen Zusammenhänge zwischen den Ereignissen nachzudenken. Sie sprachen über die Möglichkeit, dass Isabelle alles im Voraus geplant haben könnte: die Inszenierung des Hutgeschenks, ihre Kenntnis von Nathalies Vorliebe für Sommerhüte und das arrangierte Abendessen, bei dem Nathalie auf den Hut aufmerksam werden sollte.

Sie diskutierten auch über die Beziehung zwischen Antoine, Nathalie und Thomas de Villeneuve. Thomas hatte während eines Pokerabends unrechtmäßig den Algorithmus von Antoine gewonnen, was durchaus ein Motiv für Nathalie und Antoine sein könnte, ihn loszuwerden. Zudem vermuteten die Ermittler, dass Thomas vielleicht wusste, dass Antoine und Nathalie an einem neuen Algorithmus arbeiteten und planten, das Unternehmen bald zu verlassen, um ein stärkeres Unternehmen aufzubauen.

Die Affäre von Isabelle Leclerc mit Jean-Paul Moreau kam ebenfalls zur Sprache. Dubois und Laurent spekulierten, dass diese Affäre womöglich dazu dienen sollte, eine Zusammenarbeit zwischen Moreaus und Leclercs Unternehmen einzufädeln, um ein nahezu monopolistisches Unternehmen im Bereich der KI zu gründen.

Lefebvre und Reynard lauschten dem lauten Gedankenspiel der Ermittler und erkannten plötzlich, dass sie womöglich nur Figuren in einem raffinierten Komplott waren. Die Zusammenhänge, die Dubois und Laurent herstellten, ließen sie erschrocken und verwirrt zurück. Sie sahen einander an, als ob sie zum ersten Mal erkannten, dass sie möglicherweise unschuldig waren und als Schachfiguren in einem perfiden Plan benutzt wurden.

Bevor die Ermittler das Haus verließen, fragten sie Antoine und Nathalie noch, weshalb sie vor der Polizei mit dem Boot nach Monaco fliehen wollten. Die beiden gaben zu, dass sie in einem Moment panischer Angst unüberlegt gehandelt hatten und von der Bildfläche verschwinden wollten, bis die Ermittlungen abgeschlossen waren. Sie hatten nicht geglaubt, dass jemand ihnen glauben würde, wenn sie die Wahrheit sagten.

Dubois und Laurent nickten, bevor sie sich erhoben und sich auf den Weg zurück zu Leclerc machten. Die Fahrt dorthin war von intensiven Gedanken und Diskussionen geprägt, bei denen die Ermittler die verschiedenen Puzzleteile des Falls zusammenzusetzen versuchten. Es schien, als hätten sie endlich einen Durchbruch erreicht, aber sie mussten noch den letzten Beweis finden, um die Schuldige zu überführen.

*

Die Ermittler klopften energisch an die Tür von Isabelles Anwesen. Es war bereits spät in der Nacht, und die dunklen Schatten der Bäume im Garten wiegten sich sanft im Mondlicht. Die Tür öffnete sich, und Isabelle erschien im Türrahmen, ihr langes Negligé schimmernd wie flüssiges Silber. Sie hatte sich bereits abgeschminkt und war offensichtlich bereit, ins Bett zu gehen. Ihre Augen verengten sich misstrauisch, als sie die beiden Männer erkannte.

"Commissaire Dubois, Inspektor Laurent", sagte sie genervt und umspielte mit den Fingern das weiche Material ihres Negligés. "Was verschafft mir die Ehre dieses nächtlichen Besuchs?"

Ohne auf eine Einladung zu warten, traten die Ermittler entschlossen durch die Tür. Isabelle wirkte verstört, doch sie verkniff sich weitere Kommentare und führte sie ins Wohnzimmer, wo sie sich auf einem der prachtvollen Sessel niederließ.

"Madame Leclerc", begann Dubois, während er und Laurent auf Isabelles ungeduldige Miene blickten. "Wir haben in den letzten Tagen einige interessante Entdeckungen gemacht, die uns zu der Annahme führen, dass Sie möglicherweise eine Rolle im Tod Ihres Mannes spielen."

Isabelles Gesicht verlor kurz die Fassung, bevor sie sich wieder fing und spöttisch antwortete: "Das ist lächerlich! Was für Beweise haben Sie?"

Die Ermittler tauschten Blicke aus, bevor Laurent fortfuhr: "Zum einen hatten Sie eine Affäre mit Moreau. Der Tod Ihres Mannes kam Ihnen äußerst gelegen, da Sie so Ihre Schulden loswerden und gemeinsam mit Moreaus Firma ein neues Unternehmen gründen konnten."

Isabelle schnaubte verächtlich: "Eine Affäre ist kein Beweis für einen Mord. Und selbst wenn Thomas' Tod mir finanzielle Vorteile verschafft hätte, hätte ich doch niemals..."

Doch Dubois ließ sie nicht ausreden. "Da ist noch mehr, Madame", unterbrach er sie. "Wir wissen, dass Sie das Abendessen mit Lefebvre und Reynard bewusst arrangiert haben, um Natalies Aufmerksamkeit auf den Hut zu lenken. Sie kannten ihre Vorliebe für Sommerhüte genau."

Isabelle kniff die Augen zusammen und versuchte, ihre zunehmende Angst zu verbergen. "Das ist absurd", stieß sie hervor.

Laurent fuhr unbeirrt fort: "Es gibt jedoch ein zweites Exemplar dieses Hutes, das Sie fatalerweise an diesem Abend erwähnt haben. Vermutlich ohne zu bedenken, dass diese Geschichte eines Tages auf Sie zurückfallen könnte."

Isabelle versuchte, sich zu verteidigen: "Ich habe Nathalie lediglich einen Gefallen tun wollen. Dieser Hut hat überhaupt nichts mit dem Mord zu tun!"

"Natalie und Antoine waren für diesen Komplott die idealsten Kandidaten", erklärte Dubois weiter. "Sie waren sowieso nicht gut auf Thomas zu sprechen, wegen des Algorithmus, den er unrechtmäßig gewonnen hatte. Sie hätten ein perfektes Alibi abgegeben, und Ihr perfides Spiel wäre aufgegangen, wenn wir es nicht durchschaut hätten."

Isabelle biss sich auf die Lippe, als sie versuchte, ihre Fassung wiederzugewinnen. "Das sind alles nur haltlose Spekulationen! Sie haben keine handfesten Beweise!", rief sie verzweifelt aus.

Dubois ließ sich nicht beirren. "Wir haben genug Indizien gesammelt, um Sie als Hauptverdächtige zu behandeln, Madame Leclerc. Und wir werden nicht ruhen, bis wir die Wahrheit ans Licht bringen."

Isabelle starrte die Ermittler an, ihre Augen funkelten vor Wut und Furcht. Schließlich zitterte ihre Stimme, als sie sagte: "Ihr werdet mir nichts nachweisen können. Ich bin unschuldig."

Laurent trat einen Schritt näher und blickte ihr fest in die Augen. "Wir werden sehen, Madame. Unserer Erfahrung nach verstricken sich Schuldige immer tiefer in ihre Lügen, bis sie sich selbst verraten."

*

Dubois warf Isabelle einen strengen Blick zu und sagte: "Madame Leclerc, wir müssen Sie darauf hinweisen, dass Sie sich in den nächsten Wochen nicht von St. Tropez entfernen dürfen. Sollten Sie dies tun, wird ein sofortiger Haftbefehl ausgestellt, der fatale Auswirkungen für Sie haben könnte."

Isabelle lächelte diabolisch und erwiderte in einem spielerischen Ton: "Oh, meine Herren, machen Sie sich keine Sorgen. Ich bin ja unschuldig, also werde ich mich sicherlich an Ihre Auflagen halten."

In diesem Moment wussten die Ermittler, dass sie die richtige Spur verfolgten. Dennoch war ihnen bewusst, dass ihre Spekulationen und Indizienbeweise keine konkreten Beweise waren, um diesen Fall vollständig zu lösen. Sie erinnerten sich an den Grundsatz "In dubio pro reo", was bedeutet, dass im Zweifel für den Angeklagten entschieden werden muss.

Enttäuscht verließen Dubois und Laurent Isabelles Anwesen und machten sich auf den Heimweg. Während der Fahrt unterhielten sie sich noch einmal über alle gesammelten Indizien, aber sie entschieden sich schließlich, die verbleibende Fahrtzeit zu nutzen, um etwas abzuschalten und zu entspannen.

Die Ermittler ließen sich von den Nachtfarben des Himmels verzaubern. Die blaue Schwärze des Nachthimmels wurde von sanften Schattierungen von Violett, Rot und Orange durchzogen, die sich am Horizont zu einem harmonischen Farbspiel verbanden. Es war, als hätte ein talentierter Maler sein Meisterwerk auf die Leinwand des Himmels gepinselt.

Die Brise wehte sanft durch das geöffnete Fenster ihres Wagens und trug die verführerischen Düfte von St. Tropez mit sich. Es war eine betörende Mischung aus Salz, wilden Kräutern, Zitrusfrüchten und blühenden Jasminbüschen. Diese olfaktorische Symphonie ließ die beiden Ermittler die Anspannung der vergangenen Stunden vergessen und entführte sie in eine Welt der Entspannung und Ruhe.

Das entspannende Rauschen des Meeres an der Küste war wie eine beruhigende Melodie, die den beiden Ermittlern Trost spendete. Die Wellen schlugen rhythmisch gegen die Felsen und erzeugten ein Konzert aus leisen Plätschern, kräftigen Schlägen und dem gedämpften Murmeln des zurückfließenden Wassers. Es war eine Poesie der Natur, die Dubois und Laurent in ihren Bann zog und sie auf ihrer Fahrt begleitete.

Mit jedem Kilometer, den sie zurücklegten, fühlten sich die beiden Ermittler entspannter und konnten die

Schwere des Falles, der noch immer ungelöst vor ihnen lag, ein wenig hinter sich lassen. Die Schönheit der Nacht, die Farben des Himmels, die Düfte der Umgebung und das beruhigende Rauschen des Meeres erinnerten sie daran, dass es trotz aller Schwierigkeiten und Ungerechtigkeiten auch Momente der Ruhe und Schönheit in der Welt gab.

Kapitel 7 – Der 7. Tag nach dem Mord

Als die ersten Strahlen der Morgensonne durch die Vorhänge drangen, erwachte Dubois in seiner Wohnung. Noch halb im Schlaf streckte er sich aus und begann sogleich mit seiner täglichen Routine. Zuerst widmete er sich seinen Dehnübungen, wobei er sorgfältig darauf achtete, seinen Körper aufzuwärmen und alle wichtigen Muskelpartien zu lockern. Er machte Vorbeugen, um seine Beinmuskulatur zu dehnen, und streckte seine Arme in verschiedene Richtungen, um die Verspannungen im Nacken- und Schulterbereich zu lösen.

Danach widmete er sich einer kurzen, aber intensiven Kardioeinheit. Er begann mit Hampelmännern, gefolgt von Liegestützen und Kniebeugen, um seinen Puls in Schwung zu bringen. Anschließend führte er einige gezielte Kraftübungen durch, um seine Muskulatur zu stärken und seinen Körper für den bevorstehenden Tag fit zu machen.

Nach dem Sport war es Zeit für einen starken Espresso, der ihn vollends wach werden ließ. Wie ein erfahrener Barista mahlte er die Kaffeebohnen in einer Handmühle, um ein perfektes Aroma zu erzielen. Er erhitzte Wasser in einem Kupferkessel und schäumte die Milch in einem separaten Topf auf. Schließlich brühte er den Kaffee in seiner italienischen Espressomaschine auf und goss ihn in eine vorgewärmte Tasse. Der Duft des frisch gebrühten Espressos erfüllte die Küche und belebte seine Sinne.

Frisch gestärkt ging Dubois ins Badezimmer, um zu duschen und sich für den Tag fertig zu machen. Nach der erfrischenden Dusche wählte er sorgfältig sein Outfit aus. Er entschied sich für einen schicken, aber dennoch bequemen Look: Eine marineblaue Chino-Hose, ein weißes Hemd und ein grauer Blazer, dazu ein Paar sportliche Sneaker, die dem Outfit eine lässige Note verliehen.

Da es ein Samstag war und Dubois dennoch arbeiten musste, hatte er sich fest vorgenommen, im Laufe des Tages handfeste Beweise gegen Isabelle zu sammeln. Doch am Abend stand ein ganz anderer Anlass an: der Geburtstag von Jacqueline. Bevor er das Haus verließ, öffnete er den Schrank, um das Geschenk für sie herauszuholen. Es war ein Flakon des Parfüms "L'Air du Temps", ein verführerischer Duft, den er sich sicher war, dass er Jacqueline begeistern würde.

Mit dem Geschenk im Arm verließ er seine Wohnung und stieg in sein Auto, um in einem nahegelegenen Café zu frühstücken. Draußen war das Wetter wolkig, aber die Wolken verliehen der Küste von St. Tropez einen malerischen Charme. Die Sonne kämpfte sich immer wieder durch die Wolken und tauchte die Stadt in ein warmes, goldenes Licht. Der Himmel erschien wie ein impressionistisches Gemälde, in dem leuchtende Pinselstriche auf grauen Leinwänden tanzten. Das Zusammenspiel aus Licht und Schatten verwandelte die Szenerie in ein lebendiges Kunstwerk, das Dubois immer wieder in seinen Bann zog.

Während er durch die Straßen von St. Tropez fuhr, konnte er nicht umhin, das einzigartige Aroma der Küstenstadt wahrzunehmen. Die salzige Brise, vermischt mit dem Duft von frisch gebackenem Brot aus den Bäckereien, den würzigen Aromen der Marktstände und dem süßen Parfum blühender Blumen, schuf eine

Sinneserfahrung, die die Schönheit des Ortes noch unterstrich. Und trotz der Wolken war die Atmosphäre in der Stadt leicht und heiter.

Das entspannende Rauschen des Meeres an der Küste begleitete Dubois auf seinem Weg zum Café. Die sanften Wellen, die sich an den Strand schmiegten und sich in glitzernden Perlen im Sand verloren, sprachen zu ihm wie ein Gedicht, das von der ewigen Verbindung zwischen Mensch und Natur erzählte. Es war, als ob das Flüstern des Meeres ihm die Weisheit der Jahrhunderte übermittelte, und Dubois spürte, wie seine Seele von diesem zarten Lied der Natur berührt wurde.

Die Ermittler verbrachten den gesamten Tag damit, die zahlreichen Beweisstücke und Informationen zu durchforsten, die sie bisher gesammelt hatten. Stundenlang analysierten sie die körnigen Bilder der Überwachungskameras, suchten nach einer versteckten Spur, einem Hinweis, der sie der Lösung des Falls näherbringen würde. Doch trotz ihrer akribischen Bemühungen blieben sie erfolglos.

"Schaut euch dieses Foto an", sagte ein Ermittler und hielt ein Bild vom Tatort in die Höhe. "Könnte das hier etwas bedeuten?", fragte er, während er auf eine unscheinbare Ecke zeigte. Die anderen Ermittler schüttelten den Kopf. "Nein, das ist nur ein Schattenwurf", meinte Laurent.

Sie lasen die Berichte der Spurensicherung, verglichen Fingerabdrücke und DNA-Spuren, aber nichts führte sie zu einer schlüssigen Antwort. Verzweifelt versuchten sie, die Ereignisse der Nacht zu rekonstruieren, in der Hoffnung, dass ihnen ein entscheidendes Detail ins Auge springen würde.

Zusätzlich begutachteten sie nochmals die Fotos der Wohnungen von Thomas und Isabelle sowie von Lefebvre und Reynard. Sie betrachteten jede Ecke, jedes Möbelstück, jeden Gegenstand - von der Küche über das Wohnzimmer bis hin zum Schlafzimmer, von den Schränken bis zum Badezimmer. Sie wussten jedoch nicht genau, wonach sie eigentlich suchten.

"Seht euch die Bücher in diesem Regal an", sagte eine Ermittlerin, während er ein Foto von Thomas' Wohnzimmer zeigte. "Könnte einer dieser Titel eine Bedeutung haben?" Dubois zuckte mit den Schultern. "Vielleicht, aber das bringt uns im Moment auch nicht weiter", antwortete er.

Als die Uhr 16 Uhr schlug, erhob sich Dubois von seinem Schreibtisch und verabschiedete sich von den Ermittlern. "Ich habe heute Abend Pläne, ich bin zum Geburtstag einer Freundin eingeladen", erklärte er. Die Ermittler schienen interessiert und fragten, wo die Feier stattfinden würde.

"Sie feiert im 'Le Jardin des Saveurs'", antwortete Dubois. Die Reaktion seiner Kollegen war unmittelbar von Begeisterung geprägt. "Oh, das ist ein köstliches Restaurant!", schwärmte eine der Ermittlerinnen. "Ich war dort erst letzte Woche, und es war fantastisch. Ich hatte ein Entrecôte mit einer himmlischen Rotweinreduktion und dazu ein Glas eines exquisiten Bordeaux. Als Dessert gab es dann eine köstliche Tarte Tatin."

Die anderen Ermittler nickten zustimmend, während sie sich die beschriebenen Delikatessen bildlich vorstellten. Eine andere Ermittlerin wandte sich neugierig an Dubois und fragte: "Was wirst du ihr schenken?"

Dubois zögerte einen Moment, bevor er das Geschenk aus seiner Tasche zog. Die anderen konnten die Umverpackung des Flakons erkennen. "Ah, das ist 'L'Air du Temps', nicht wahr?", rief die Ermittlerin aus, die das Restaurant empfohlen hatte. "Das ist einer meiner Lieblingsdüfte! Er hat etwas Magisches an sich - man kann den Duft noch Stunden, ja sogar Tage später wahrnehmen, und er wird, wie ein guter Wein, mit der Zeit immer besser."

Dubois lächelte, erfreut über die positive Reaktion auf sein Geschenk. "Genau das habe ich mir auch gedacht, als ich es ausgewählt habe. Es ist ein zeitloser Klassiker."

Die Ermittler wünschten ihm einen schönen Abend, bevor sie sich wieder ihrer Arbeit zuwandten. Dubois verließ das Polizeirevier und machte sich auf den Weg zum 'Le Jardin des Saveurs'. Während er durch die engen Gassen von St. Tropez schlenderte, beobachtete er das geschäftige Treiben der Stadt - die Touristen, die eifrig nach Souvenirs suchten, die Einheimischen, die sich in den Straßencafés trafen, und die Kinder, die auf dem Platz spielten.

Als er das Restaurant betrat, wurde er von der Wärme und dem verführerischen Duft köstlicher Speisen empfangen. Die Räumlichkeiten waren elegant und geschmackvoll eingerichtet, mit einer romantischen Beleuchtung, die dem Raum eine intime Atmosphäre verlieh. Dubois' Freundin, das Geburtstagskind, begrüßte ihn herzlich und bedankte sich für das Geschenk.

Die Gäste nahmen an einer langen Tafel Platz, die mit prächtigen Blumenarrangements, Kerzen und feinem

Porzellan geschmückt war. Die Gespräche waren angeregt und heiter, und die Stimmung war fröhlich. Dubois fühlte sich entspannt und genoss die Gesellschaft seiner Freunde.

Während des Essens wurden die Gäste mit einer Auswahl exquisiter Gerichte verwöhnt – von saftigem Lammkarree, das auf einem Bett von Ratatouille ruhte, bis hin zu zartem Wolfsbarsch in einer leichten Zitronen-Kapern-Soße. Dazu wurden köstliche Beilagen gereicht, wie cremiges Risotto, gratinierte Kartoffeln und frisches Saisongemüse. Jeder Gang war eine Gaumenfreude, und die Weine, die die Speisen begleiteten, rundeten die kulinarische Erfahrung ab.

Das Dessert war ein Meisterwerk für sich: Eine Variation von Schokoladenköstlichkeiten, die die Geschmacksknospen auf eine Reise der Sinneslust entführten. Es gab einen himmlischen Schokoladenfondant mit flüssigem Kern, der auf dem Teller mit einer duftenden Vanillesauce drapiert war, gefolgt von Schokoladentrüffeln, die mit goldfarbenem Puderzucker bestäubt waren. Und als krönender Abschluss präsentierte der Chefkoch eine Schokoladen-Charlotte, die mit exotischen Früchten und einer leichten Himbeer-Coulis garniert war.

Die Gäste waren hingerissen von den kulinarischen Kreationen und lobten den Chefkoch ausgiebig für seine Kunstfertigkeit. Es war ein Abend voller Lachen, interessanter Gespräche und kulinarischer Genüsse, der noch lange in Erinnerung bleiben würde.

Als der Abend sich dem Ende zuneigte, erhob sich Dubois und hielt eine kleine Rede, in der er seiner Freundin herzlich zum Geburtstag gratulierte und ihr viele

Glückwünsche für das kommende Lebensjahr überbrachte. Die Gäste stießen mit einem Glas Champagner auf das Geburtstagskind an, bevor sie sich auf den Heimweg machten.

Bevor Dubois das Restaurant verließ, hielt Jacqueline ihn am Arm und bat ihn, noch einen Moment zu warten, während sie das Geschenk öffnete. Er lächelte über ihren Enthusiasmus und nickte zustimmend. Mit flinken Fingern löste sie das Band und entblößte den Flakon. Ihre Augen leuchteten, als sie den Duft in die Hand nahm und daran schnupperte.

"Dies war schon immer einer meiner Lieblingsdüfte", schwärmte sie. "Meine Großmutter, meine Mutter und ich sind diesem Zauber erlegen. Es ist so zeitlos und wunderschön." Sie hielt inne und lächelte. "Meine Großmutter pflegte zu sagen, dass dieser Duft magisch ist und der Name so passend: L'air du Temps - Der Geist der Zeit. Und weil der Duft so zeitlos ist, wird er nicht vergehen."

Dubois bat Jacqueline, den letzten Satz noch einmal zu wiederholen. Geduldig wiederholte sie ihre Worte, während ein Gedanke in Dubois' Kopf Gestalt annahm. Plötzlich durchzuckte ihn die Erkenntnis wie ein Blitz: Thomas, der Mord, der letzte Satz von Thomas „Der Geist der Zeit wird vergehen!", die auffälligen Düfte während des gesamten Falles und die Flakons im Badezimmer.

Ein Gefühl der Dringlichkeit überkam ihn, als ihm die Bedeutung dieser Worte klar wurde. Die Verbindung zwischen dem Duft und dem Fall, die er bisher nicht erkannt hatte, schien nun unübersehbar. Er entschuldigte sich hastig bei Jacqueline und eilte aus dem Restaurant.

Dubois rief Laurent an und bat ihn, sofort ins Polizeirevier zu kommen. Die beiden Ermittler trafen sich und Dubois erklärte seine neue Theorie. Die Düfte, die während des gesamten Falles eine Rolle gespielt hatten, waren kein Zufall – sie waren ein Hinweis, den sie bisher übersehen hatten.

Kapitel 8 - Der 8. Tag nach dem Mord

Sébastien Bernard, der Préfet, hatte die gesamte Belegschaft zu einem dezenten Essen in einem der köstlichsten Restaurants in St. Tropez eingeladen. Es handelte sich um das charmante und renommierte "Les Saveurs du Sud", das sich in einer malerischen Gasse unweit des Hafens befand. Das Lokal war bekannt für seine exquisite provenzalische Küche und die einladende Atmosphäre, die von warmen Farben, antiken Möbeln und kunstvollen Wandgemälden geprägt war.

Das Restaurant "Les Saveurs du Sud" verströmte ein authentisches Lokalkolorit, das Gäste aus aller Welt anzog. Die köstlichen Gerichte waren von der reichen Tradition der provenzalischen Küche inspiriert und wurden stets mit frischen, saisonalen Zutaten zubereitet. Besonders berühmt war das Haus für seine Bouillabaisse - eine verführerische Fischsuppe, die in einer prächtigen Terrine serviert wurde und die Herzen der Feinschmecker höher schlagen ließ.

Die Ermittler saßen an einem großen Tisch im hinteren Bereich des Restaurants, umgeben von einer Aura der Gelassenheit. Sébastien Bernard hatte für eine Auswahl der besten Weine des Hauses gesorgt, die in eleganten Gläsern serviert wurden. Die Gespräche am Tisch waren angeregt, und die Ermittler tauschten Anekdoten aus ihren Fällen aus, während sie die erlesenen Speisen genossen.

Eine Anekdote, die Sébastien Bernard zum Besten gab, handelte von einem berühmten französischen Schauspieler, der einst im "Les Saveurs du Sud" speiste. Der Schauspieler war so begeistert von der Bouillabaisse, dass er spontan in die Küche stürmte, um dem Chefkoch persönlich für das unvergessliche kulinarische Erlebnis zu danken. Diese Geschichte hatte sich im Laufe der Jahre zu einer Art Legende entwickelt, die das "Les Saveurs du Sud" noch populärer gemacht hatte.

Der Préfet blickte Commissaire Dubois erwartungsvoll an, während der letzte Schluck Wein in seinem Glas schimmerte. Dubois legte kurz die Stirn in Falten, bevor er anfing, seine Geschichte zu erzählen.

"Von Anfang an fiel mir auf, wie oft ich in diesem Fall mit intensiven Düften konfrontiert wurde", begann Dubois. "Die sinnlichen Eindrücke waren stärker als in jedem anderen Fall, den ich je bearbeitet habe. Aber der entscheidende Moment, der zur Lösung des Falles beitrug, ereignete sich am Geburtstag von Jacqueline."

Er erzählte, wie er Clarice um Hilfe bei der Auswahl eines Geschenks für eine Freundin gebeten hatte. Sie brachte ihn zu einer Parfümerie, wo die Verkäuferin verschiedene Düfte präsentierte. Nachdem er Jacquelines Charakter beschrieben hatte, empfahl die Verkäuferin "L'air du Temps" als passendsten Duft. Dubois kaufte das Parfüm und ließ es hübsch verpacken.

Am Tag von Jacquelines Geburtstagsfeier hatten die Ermittler den ganzen Samstag damit verbracht, nach Beweisen in Überwachungskameras, Fotos und anderen Aufnahmen des Falles zu suchen. Dubois war sich sicher, dass sie kurz vor einer Lösung standen. Am Abend feierten sie in einem köstlichen Restaurant. Zum Abschluss bat Jacqueline Dubois, kurz zu warten, während sie das Geschenk öffnete und sich bei ihm bedankte.

"Als sie den Flakon öffnete, war sie begeistert und zitierte ihre Großmutter, die immer gesagt hatte, dass dieser Duft magisch sei und der Name so passend: L'air du Temps – Der Geist der Zeit. Und weil der Duft so zeitlos ist, wird er nicht vergehen", erzählte Dubois. "In diesem Moment wusste ich, dass ich dem Rätsel sehr nahe war."

Er rannte sofort ins Kommissariat und rief unterwegs Laurent an. Sie setzten sich vor ihre Computer und suchten nach Flakons des Duftes "L'air du Temps" in den Beweisen. Sie fanden nichts in den Fotos von Lefebvres und Reynards Wohnung, aber die entscheidende Entdeckung machten sie bei den Aufnahmen in Isabelles Anwesen. Sie fanden ein unverpacktes Parfum und eine fast leere Flasche des Duftes im Badezimmer.

Noch am selben Abend fuhren Dubois und Laurent mit fünf Ermittlern zu Isabelles Haus. Zuerst weigerte sie sich, sie hereinzulassen, doch dem Druck der Ermittler und des Commissaires konnte sie nicht standhalten. Im Haus fanden die Ermittler das zweite Exemplar des Huts und den Duft im Badezimmer. Sie nahmen beides mit.

Anschließend fuhren sie zu Lefebvres und Reynards Anwesen und baten Lefebvre um den Hut, der eine wichtige Rolle bei der Lösung des Falls spielte. Dubois und Laurent brachten ihn zum Kriminaltechniker, der die chemischen Duftkomponenten auf dem Hut analysierte. Er erkannte sofort, dass Isabelles Hut vor nicht mehr als einer Woche mit eben diesem Duft besprüht worden war. Auf dem Hut von Lefebvre fanden sich jedoch keine Rückstände des Duftes. Sobald das Ergebnis der Spurensicherung schriftlich vorlag, erwirkten sie einen Haftbefehl für Isabelle.

Während der Vernehmung im Kommissariat gestand

Isabelle schließlich. Sie war die Frau, die auf den Überwachungskameras ihre Brille leicht herunterzog und in die Kamera blickte. Sie und ihr Ehemann hatten an jenem Abend in einem Restaurant gegessen. Dafür hatte sie sich schick gemacht und den Hut getragen. Da Thomas den Duft so sehr mochte, hatte sie den Hut und ihr Sommerkleid damit besprüht.

Nach dem Essen war Thomas ins Büro zurückgekehrt, während Isabelle vorgab, nach Hause fahren zu wollen. Tatsächlich aber folgte sie Thomas in eine Gasse und erschlug ihn mit einem schweren Stein, den sie am Straßenrand gefunden hatte. Anschließend warf sie den Stein in eine große Mülltonne und vergrub ihn tief darin.

"Vermutlich hat Thomas, ohne zu erkennen, wer ihn niedergeschlagen hatte, den Duft gerochen - den Lieblingsduft seiner Frau", erklärte Dubois. "Er konnte nicht mehr viel sagen, aber was er sagte, führte zur Lösung des Falls."

Die Anwesenden lauschten gebannt, während Dubois die Geschichte erzählte. Seine Worte hatten sie in den Bann gezogen, und sie hingen an seinen Lippen, als er die letzten Details enthüllte. Dubois hatte es geschafft, die komplexe Geschichte auf fesselnde Weise darzustellen, und die ungewöhnlichen Wendungen und sinnlichen Beschreibungen hielten die Zuhörer in Atem.

Der Préfet nickte beeindruckt. "Commissaire Dubois, Ihre Arbeit in diesem Fall war herausragend. Sie haben den Geist der Zeit eingefangen und auf brillante Weise die Fäden zusammengeführt. Dies ist wahrlich ein Fall, der in die Annalen der Kriminalgeschichte eingehen wird."

Dubois lächelte bescheiden und dankte dem Préfet für

das Kompliment. Doch in seinem Inneren wusste er, dass es nicht nur seine Fähigkeiten als Ermittler waren, die zur Lösung des Falles beigetragen hatten. Es war auch die Magie des Duftes - L'air du Temps -, der Geist der Zeit, der den entscheidenden Hinweis geliefert hatte und der letztendlich das Schicksal besiegelt hatte.

In diesem Moment, als die Anwesenden noch immer über die Geschichte und die raffinierten Zusammenhänge staunten, spürte Dubois, dass dieser Fall sein Leben verändert hatte. Er hatte gelernt, auf die feinsten Nuancen zu achten und die Welt mit allen Sinnen wahrzunehmen. Er hatte verstanden, dass hinter jedem noch so kleinen Detail eine größere Bedeutung lauern konnte, und dass manchmal das Unscheinbare der Schlüssel zur Wahrheit sein konnte.

Epilog

Einige Monate waren seit dem aufsehenerregenden Fall vergangen, und das Leben in St. Tropez hatte wieder seinen gewohnten Gang aufgenommen. Commissaire Dubois und seine Kollegen waren inzwischen zu einer eingespielten Truppe geworden, und das Vertrauen, das sie während der Ermittlungen aufgebaut hatten, war stärker denn je.

Der Prozess gegen Isabelle hatte stattgefunden, und sie war wegen Mordes zu einer langjährigen Haftstrafe verurteilt worden. Die Bewohner von St. Tropez waren erschüttert über die Enthüllungen, die während des Prozesses ans Licht gekommen waren, und sprachen noch lange über das düstere Geheimnis, das hinter der Fassade des scheinbar perfekten Ehepaars gelauert hatte.

Dubois hatte aus diesem Fall gelernt, dass nichts so war, wie es schien, und dass es wichtig war, immer wachsam zu sein und auf die kleinsten Hinweise zu achten. Er hatte seine Sinne geschärft und seinen detektivischen Instinkten vertraut, und das hatte ihn zu einem noch besseren Ermittler gemacht.

Auch im Privatleben hatte der Fall Spuren hinterlassen. Dubois und Jacqueline waren einander nähergekommen, und ihre gemeinsame Erfahrung hatte ihre Freundschaft vertieft. Sie verbrachten viel Zeit miteinander, und es war klar, dass zwischen ihnen mehr als nur eine platonische Zuneigung bestand.

Laurent, der während der Ermittlungen so eng mit Dubois zusammengearbeitet hatte, war zum Capitaine befördert worden, und die beiden Männer waren ein unschlagbares Team geworden. Ihre gegenseitige Wertschätzung und ihr Vertrauen ineinander hatten sie zu einer schlagkräftigen Einheit gemacht, die selbst die schwierigsten Fälle lösen konnte.

Und so endete die Geschichte von Commissaire Dubois und dem Fall L'air du Temps - einer Geschichte von Liebe, Verrat und der unbestreitbaren Macht der Sinne. Doch für Dubois und seine Kollegen war dies erst der Anfang. Es würde noch viele weitere Fälle geben, die sie gemeinsam lösen würden, und ihre Abenteuer würden sie noch an die verschiedensten Orte führen.

Aber eines war sicher: Sie würden immer die Lektionen aus diesem Fall im Hinterkopf behalten, und sie würden immer an die Magie des Duftes denken, der sie auf so unerwartete Weise zusammengeführt und zur Lösung des Rätsels geführt hatte. Denn letztendlich war es L'air du Temps - der Geist der Zeit - der ihnen gezeigt hatte, dass hinter jedem noch so kleinen Detail eine größere Bedeutung lauern konnte, und dass manchmal das Unscheinbare der Schlüssel zur Wahrheit sein konnte.

*

Die Sonnenstrahlen fluteten durch die Vorhänge und tanzten auf Dubois' verschwitztem Gesicht, während er sich mit konzentriertem Blick durch die letzten Wiederholungen seiner Kraftübungen quälte. Plötzlich zerschnitt das schrille Klingeln seines Telefons die morgendliche Stille. Mit einer Mischung aus Neugier und Unbehagen nahm er den Anruf entgegen.

"Dubois, ein Mord ist geschehen, du musst sofort kommen", erklang Laurents Stimme unheilvoll, als hätte sie die tiefsten Schatten der Nacht in sich aufgesogen. Dubois' sonst so enthusiastische Begrüßung erstarb in seiner Kehle. Die Dringlichkeit in Laurents Stimme ließ ihm das Blut in den Adern gefrieren.

"Oh mon Dieu, was ist passiert?" fragte Dubois, während er hastig nach seinen Kleidungsstücken griff, die achtlos über einen Stuhl geworfen lagen. Laurents Antwort war ebenso knapp wie besorgniserregend: "Ich kann nicht alles am Telefon erklären, aber es ist schrecklich. Der Tatort ist am Hafen. Beeil dich!"

Dubois' Herz hämmerte gegen seine Brust, als er seine Wohnung verließ und sich ins Auto setzte. Die Straßen von St. Tropez lagen noch im Dämmerzustand des frühen Morgens, doch Dubois wusste, dass ein düsteres Geheimnis in den Schatten lauerte. Die Fahrt zum Hafen schien endlos, und mit jedem Kilometer wuchs seine Anspannung ins Unermessliche.

Schließlich erreichte er den Hafen, und was sich vor seinen Augen abspielte, übertraf seine schlimmsten Befürchtungen. Die Morgensonne strahlte grell über die Szenerie, die sich wie ein surrealistisches Gemälde vor ihm ausbreitete. Polizeibeamte und Kriminaltechniker huschten wie Ameisen über den Tatort, ihre Gesichter von blankem Entsetzen gezeichnet.